[明]汤显祖 著 [明]王思任 批评 李萍 校点

王思任批评本

牡丹亭

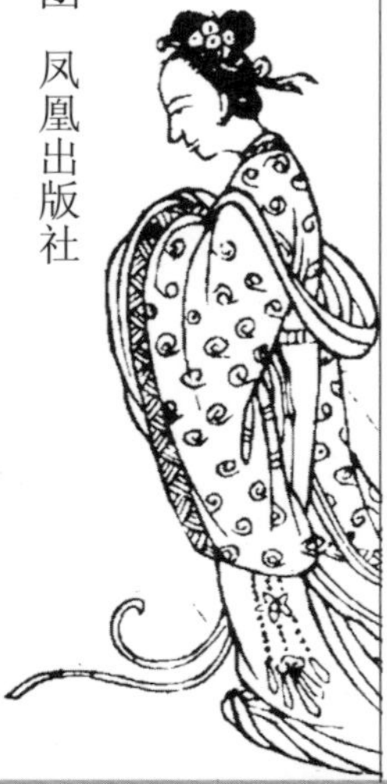

凤凰出版传媒集团 凤凰出版社

图书在版编目（CIP）数据

王思任批评本《牡丹亭》/（明）汤显祖著；（明）王思任批评；李萍校点. -- 南京：凤凰出版社，2010.11（2014.3重印）
ISBN 978-7-5506-0037-9

Ⅰ. ①王… Ⅱ. ①汤… ②王… ③李… Ⅲ. ①传奇剧（戏曲）－剧本－中国－明代 Ⅳ. ①I237.2

中国版本图书馆CIP数据核字(2010)第224995号

书　　名　王思任批评本《牡丹亭》
著　　者　(明)汤显祖 著　(明)王思任 批评　李萍 校点
责任编辑　郭馨馨
出版发行　凤凰出版传媒集团
　　　　　凤凰出版社(原江苏古籍出版社)
　　　　　南京市中央路 165 号　邮编 210009
　　　　　发行部电话 025—83223462
集团网址　凤凰出版传媒网　http://www.ppm.cn
照　　排　江苏凤凰制版有限公司
印　　刷　江苏凤凰新华印务有限公司
　　　　　中国江苏南京经济技术开发区尧新大道 399 号，邮编：210038
开　　本　787×1092 毫米　1/16
印　　张　14.25
字　　数　205 千字
版　　次　2011 年 1 月第 1 版　2014 年 3 月第 2 次印刷
标准书号　ISBN 978-7-5506-0037-9
定　　价　26.00 元
（本书凡印装错误可向承印厂调换，电话：025—68037410）

出版说明

传奇剧本《牡丹亭》原名《还魂记》，全名《牡丹亭还魂记》，或称《牡丹亭梦》，明代著名剧作家汤显祖据明人话本小说《杜丽娘慕色还魂》创作而成，是明代南曲的代表，共55出，通过杜丽娘和柳梦梅的爱情故事，深刻揭露了封建礼教的残酷性，歌颂了广大青年男女追求个性解放、争取婚姻自主的顽强意志。正如汤显祖在《牡丹亭题词》中云："第云理之所必无，安知情之所必有耶！"

汤显祖(1550—1616)，字义仍，号若士，江西临川人。出身书香门第，为人耿直，一生不肯依附权贵，明嘉靖年间曾任给事中，万历二十六年(1598)弃官回家，绝意仕途。史赞曰："为官不济，为文不朽。"汤显祖也创作过诗文等，成就最高的还是传奇。他的戏剧创作现存主要有五种《紫钗记》、《牡丹亭》、《雨柯记》、《邯郸记》及《紫箫记》。前四部传奇中皆有"梦"的情节，故合称"临川四梦"或"玉茗堂四梦"。其中，以《牡丹亭》最为著名、影响最大，他本人也十分得意，曾说："一生四梦，得意处惟在牡丹。"(见王思任《批点玉茗堂〈牡丹亭〉叙》)明代人沈德符称"汤义仍《牡丹亭梦》一出，家传户诵，几令《西厢》减价"。

王思任(1572—1646)，字季重，号谑庵，又号遂东，山阴(今浙江绍兴)人，著名的戏曲批评家。万历四十七年(1619)进士，历任兴平、当涂、清浦知县，袁州推官，江西佥事。顺治三年(1645)，清军南下，王思任遂弃家入秦望山，病中绝食而死。其诗重自然，才情烂漫，笔意放纵诙谐，时有讽刺时政之作。有《王季重十种》传世。保存在其诗文集中的《批点玉茗堂〈牡丹亭〉叙》是专门论述戏曲的文章，洞悉汤显祖戏剧的深刻内涵，充分肯定《牡丹亭》剧作取得的突出成就，展示了青年男女的自然本性与束缚身心的封建伦理道德观念之间尖锐的矛盾。

汤显祖在《牡丹亭》题词中说，他所写的是“情”，而且是“生者可以死，死者可以生”的“一往而深”的“情之至”。王思任指出：“《牡丹亭》情也。若士以为情不可以论理，死不足以尽情，百千情事、一死而止，则情莫深于阿丽者矣。”杜丽娘不甘心受理学的束缚，不愿为高墙深院的禁锢，她向往走向大自然，大胆地追求幸福爱情，执着地追求青春价值和婚姻自由。为了这一追求，她可以献出生命，魂游地狱，还可以起死回生。对此王思任赞叹道：“杜丽娘隽过言鸟，触似羚羊，月可沉，天可瘦，泉台可眼，獠牙判发，可押而处，而‘梅’、‘柳’二字，必不肯使劫灰烧失。”王思任鲜明地肯定人的自然本性，肯定人的欲望，歌颂青年男女对爱情的生死不渝的执着追求：“若士所谓一生‘四梦’，得意处惟在《牡丹》，情深一叙，读未三行，人已魂消肌栗。”他在《批点玉茗堂〈牡丹亭〉叙》中点评汤显祖刻画人物性格“无不从筋节窍髓，以探其七情生动之微也”。王思任对《牡丹亭》的剖析，深得明代文学家陈继儒的赞赏：“一经王山阴批评，拨动稠髅之尘根，提出傀儡之啼笑，关汉卿、高则诚曾遇此知音否？”

《牡丹亭》流传的版本甚多，主要有明金陵文林阁本、朱墨本、朱元镇校刻本、清晖阁本、毛氏汲古阁本、清代竹林堂本、吴吴山三妇合评本等，现以暖红室本为底本，并配以暖红室插图。王思任评点的《牡丹亭》不易访获，我们所整理的《王思任批评本〈牡丹亭〉》旨在帮助广大读者充分领略《牡丹亭》这部戏剧的妙处。鉴于整理者才疏学浅，疏漏讹误在所难免，尚祈读者指正。

目 录

牡丹亭题词

天下女子有情，宁有如杜丽娘者乎！梦其人即病，病即弥连，至手画形容，传于世而后死。死三年矣，复能溟莫中求得其所梦者而生。如丽娘者，乃可谓之有情人耳。情不知所起，一往而深。生者可以死，死可以生。生而不可与死，死而不可复生者，皆非情之至也。梦中之情，何必非真？天下岂少梦中之人耶！必因荐枕而成亲，待挂冠而为密者，皆形骸之论也。传杜太守事者，仿佛晋武都守李仲文、广州守冯孝将儿女事。予稍为更而演之。至于杜守收拷柳生，亦如汉睢阳王收拷谈生也。嗟夫！人世之事，非人世所可尽。自非通人，恒以理相格耳！第云理之所必无，安知情之所必有耶！

万历戊戌秋清远道人题

批点玉茗堂《牡丹亭》叙

火可画，风不可描；冰可镂，空不可斡。盖神君气母，别有追似之手，庸工不与耳。古今高才，莫高于《易》。《易》者，象也。象也者，像也。其次，则《五经》递广之。此外能言其所像人亦不多。左丘明、宋玉、蒙庄、司马子长、陶渊明、老杜、大苏、罗贯中、王实甫，我明王元美、徐文长、汤若士而已。若士时文既绝，古文词、诗歌、尺牍，元贵浩鲜，妙处伙颐。然禀胎江右，开乳六朝，赪糟粉肉，响屟板袍之意，时或有之。至其传奇灵洞，散活尖酸，史因子用，元以古行，笔笔风来，层层空到。即若士自谓一生《四梦》，得意处惟在《牡丹》。情深一叙，读未三行，人已魂消肌栗，而安顿出字，亦自确妙不易。其款置数人，笑者真笑，笑即有声；啼者真啼，啼即有泪；叹者真叹，叹即有气。杜丽娘之妖也，柳梦梅之痴也，老夫人之软也，杜安抚之古执也，陈最良之雾也，春香之贼牢也，无不从筋节窍髓，以探其七情生动之微也。杜丽娘隽过言鸟，触似羚羊，月可沉，天可瘦，泉台可瞑，獠牙判发可狎而处，而"梅"、"柳"二字，一灵咬住，必不肯使劫灰烧失。柳生见鬼见神，痛叫顽纸，满心满意，只要插花。老夫人智是血描，肠邻断草；拾得珠还，蔗不陪檗。杜安抚摇头山屹，强笑河清；一味做官，半言难入。陈教授满口塾书，一身襶气；小要便益，大经险怪。春香眨眼即知，锥心必尽；亦文亦史，亦败亦成。如此等人，皆若士元空中增减圬塑，而以毫风吹气生活之者也。然此犹若士之形似也。而其立言神指，《邯郸》，仙也；《南柯》，佛也；《紫钗》，侠也；《牡丹亭》，情也。若士以为情不可以论理，死不足以尽情，百千情事，一死而止，则情莫有深于阿丽者矣。况其感应相与，得《易》之咸；从一而终，得《易》之恒。则不第情之深，而又为情之至正者。今有形一接而即殉夫以死，骨香名永，用表千秋，安在其无知之性不本于一时之情也。则杜丽娘之情，正所同也，而深所独也，宜乎若士有取尔也。至其文冶丹融，词珠露合，古今雅俗，泚笔皆佳。沛公殆天授，非人力乎！若夫绰影布桥，食肉带刺，冷哨打世，边鼓挝人，不疼不痒处，皆文人空四海，坟五岳，习气所在，不足为若士病也。往见吾乡文长批其卷首曰："此牛有万夫之禀。"虽为妒语，大觉颊心。而若士曾语卢氏李恒峤云："《四声猿》乃词场飞将，辄为之唱演数通。安得生致文长，自拔其舌。"其相引重如此。予不知音律，第粗以文义测之，虽不能为周公瑾，而犹不至如马子侯。僭加评校，以复两张新汤之请，便即交付一语。若士见改窜《牡丹》词者，失笑一绝："醉汉琼筵风味殊，通仙铁笛海云孤。总饶割就时人景，却愧王维旧雪图。"持此作偈，乞韦驮尊者永镇此亭。天下之宝，当为天下护之也。

天启癸亥阳生前六日

谑庵居士王思任题于清晖阁中

【蝶恋花】(末上)忙处抛人闲处住。百计思量,没个为欢处。白日消磨肠断句,世间只有情难诉。　玉茗堂前朝复暮,红烛迎人,俊得江山助。但是相思莫相负,牡丹亭上三生路。【汉宫春】杜宝黄堂,生丽娘小姐,爱踏春阳。感梦书生折柳,竟为情伤。写真留记,葬梅花道院凄凉。三年上,有梦梅柳子,于此赴高唐。果尔回生定配。赴临安取试,寇起淮扬。正把杜公围困,小姐惊惶。教柳郎行探,反遭疑激恼平章。风流况,施行正苦,报中状元郎。

杜丽娘梦写丹青记。　陈教授说下梨花枪。
柳秀才偷载回生女。　杜平章刁打状元郎。

俱有来历。

第二出 言 怀

【真珠帘】(生上)河东旧族、柳氏名门最。通篇把名姓做个烟波。论星宿,连张带鬼。几叶到寒儒,受雨打风吹。谩说书中能富贵,颜如玉,和黄金哪里?贫薄把人灰,且养就这浩然之气。**【鹧鸪天】**"刮尽鲸龟背上霜,寒儒偏喜住炎方。凭依造化三分福,绍接诗书一脉香。能凿壁,会悬梁,偷天妙手绣文章。必须砍得蟾宫桂,始信人间玉斧长。"小生姓柳,名梦梅,表字春卿。原系唐朝柳州司马柳宗元之后,留家岭南。父亲朝散之职,母亲县君之封。(叹介)所恨俺自小孤单,生事微渺。喜的是今日成人长大,二十过头,志慧聪明,三场得手。只恨未遭时势,不免饥寒。赖有始祖柳州公,带下郭橐驼,柳州衙舍,栽接花果。橐驼遗下一个驼孙,也跟随俺广州种树,相依过活。虽然如此,不是男儿结果之场。每日情思昏昏,忽然半月之前,做下一梦。梦到一园,梅花树下,立着个美人,不长不短,如送如迎。说道:"柳生,柳生,遇俺方有姻缘之分,发迹之期。"因此改名梦梅,春卿为字。正是:"梦短梦长俱是梦,年来年去是何年!"昏天黑地里下一根,只淡淡数语。若村人发想,必要对梦一篇了。

【九回肠】【解三醒】虽则俺改名换字,俏魂儿未卜先知?定佳期盼煞蟾宫桂,柳梦梅不卖查梨。还则怕嫦娥妒色花颓气,等的俺梅子酸心柳皱眉,浑如醉。**【三学士】**无萤凿偏了邻家壁,甚东墙不许人窥!有一日春光暗度黄金柳,雪意冲开了白玉梅。**【急三枪】**那时节走马在、章台内,丝儿翠、笼定个、百花魁。轻薄!虽然这般说,有个朋友韩子才,是韩昌黎之后,寄居赵佗王台。他虽是香火秀才,却有些谈吐。不免随喜一会。

门前梅柳烂春晖,张窈窕　梦见君王觉后疑。王昌龄
心似百花开未得,曹　松　托身须上万年枝。韩　偓

【满廷芳】（外扮杜太守上）西蜀名儒，南安太守，几番廊庙江湖。紫袍金带，功业未全无，华发不堪回首。意抽簪万里桥西，还只怕君恩未许，五马欲踟蹰。“一生名宦守南安，莫作寻常太守看。到来只饮官中水，归去惟看屋外山。”自家南安太守杜宝，表字子充，乃唐朝杜子美之后。流落巴蜀，年过五旬。想廿岁登科，三年出守，清名惠政，播在人间。内有夫人甄氏，乃魏朝甄皇后嫡派。此家峨眉山，见世出贤德。夫人单生小女，才貌端妍，唤名丽娘，未议婚配。看起自来淑女，无不知书。今日政有余闲，不免请出夫人，商议此事。正是：“中郎学富单传女，伯道官贫更少儿。”

【绕池游】（老旦上）甄妃洛浦，嫡派来西蜀，封大郡南安杜母。（见介）（外）老拜名邦无甚德，（老旦）妾沾封诰有何功！（外）春来闺阁闲多少？（老旦）也长向花阴课女工。（外）女工一事，想女儿精巧过人。看来古今贤淑，多晓诗书，他日嫁一书生，不枉了谈吐相称。你意下如何？（老旦）但凭尊意。

【前腔】（贴持酒台，随旦上）娇莺欲语，眼见春如许。寸草心，怎报的春光一二！（见介）爹娘万福。（外）孩儿，后面捧着酒肴，是何主意？（旦跪介）今日春光明媚，爹娘宽坐后堂，女孩儿敢进三爵之觞，少效千春之祝。（外笑介）生受你。两片打拈一片，所谓融合，随处可得。

【玉山颓】（旦进酒介）爹娘万福，女孩儿无限欢娱。坐黄堂百岁春光，进美酒一家天禄。祝萱花椿树，虽则是子生迟暮，不因子字，几不成语。守得见这蟠桃熟。（合）且提壶，花间竹下长引著凤凰雏。（外）春香，酌小姐一杯。

【前腔】吾家杜甫，为飘零老愧妻孥。(泪介)夫人，我比子美公公更可怜也。他还有念老夫诗句男儿，俺则有学母氏画眉娇女。这句杜得好。(老旦)相公休焦，倘然招得好女婿，与儿子一般。(外笑介)可一般呢！(老旦)“做门楣”古语，为甚的这叨叨絮絮，才到中年路。(合前)(外)女孩儿，把台盏收去。(旦下介)(外)叫春香。俺问你小姐终日绣房，有何生活？(贴)绣房中则是绣。(外)绣的许多？(贴)绣了打绵。(外)什么绵？(贴)睡眠。(外)好哩，好哩。夫人，你才说“长向花阴课女工”，却纵容女孩儿闲眠，是何家教？叫女孩儿。(旦上)爹爹有何吩咐？(外)适问春香，你白日眠睡，是何道理？假如刺绣余闲，有架上图书，可以寓目。他日到人家，知书知礼，父母光辉。这都是你娘亲失教也。

【玉抱肚】宦囊清苦，也不曾诗书误儒。你好些时做客为儿，有一日把家当户。是为爹的疏散不儿拘，道的个为娘是女模。

【前腔】(老旦)眼前儿女，俺为娘心苏体劬。娇养他掌上明珠，出落的人中美玉。儿呵，爹三分说话你自心模，难道八字梳头做目呼。

【前腔】(旦)黄堂父母，倚娇痴惯习如愚。刚打的秋千画图，闲榻着鸳鸯绣谱。从今后茶余饭饱破工夫，玉镜台前插架书。(老旦)虽然如此，要个女先生讲解才好。(外)不能够。就想。

【前腔】后堂公所，请先生则是黉门腐儒。(老旦)女儿呵，怎念遍的孔子诗书，但略识周公礼数。(合)不枉了银娘玉姐只做个纺砖儿，谢女班姬女校书。浅妙！(外)请先生不难，则要好生管待。

【尾声】说与你夫人爱女休禽犊，馆明师茶饭须清楚。你看俺治国齐家、也则是数卷书。

往年何事乞西宾？柳宗元　主领春风只在君。王　建
伯道暮年无嗣子，苗　发　女中谁是卫夫人？刘禹锡

第四出 腐叹

【双劝酒】(末扮老儒上)灯窗苦吟,寒酸撒吞。科场苦禁,蹉跎直恁!可怜辜负看书心。吼儿病年来进侵。“咳嗽病多疏酒盏,村童俸薄减厨烟。怎知天上无人住,掉下春愁鹤发仙。”自家南安府儒学生员陈最良,表字伯粹。祖父行医。小子自幼习儒。十二岁进学,超增补廪。观场一十五次。不幸前任宗师,考居劣等停廪。兼且两年失馆,衣食单薄。这些后生都顺口叫我“陈绝粮”。因我医、卜、地理,所事皆知,又改我表字“伯粹”做“百杂碎”。明年是第六个旬头,也不想甚的了,有个祖父药店,依然开张在此。“儒变医,菜变齑”,这都不在话下。昨日听见本府杜太守,有个小姐,要请先生。好些奔竞的钻去。他可为甚的?乡邦好说话,一也;通关节,二也;撞太岁,三也;穿他门子管家,改窜文卷,四也;别处吹嘘进身,五也;下头官儿怕他,六也;家里骗人,七也。为此七事,没了头要去。毒!他们都不知官衙可是好踏的!况且女学生一发难教,轻不得,重不得。倘然间体面有些不臻,啼不得,笑不得。似我老人家罢了。“正是有书遮老眼,不妨无药散闲愁。”(丑扮府学老门子上)“天下秀才穷到底,学中门子老成精。”(见介)陈斋长报喜。(末)何喜?(丑)杜太爷要请个先生教小姐,掌教老爷开了十数名去都不中,说要老成的。我去掌教老爷处禀上了你,太爷有请帖在此。(末)“人之患在好为人师”。(丑)人之饭,有得你吃哩。(末)这等便行。(行介)

【洞仙歌】(末)咱头巾破了修,靴头绽了兜。(丑)你坐老斋头,衫襟没了后头。(合)砚水漱净口,去承官饭溲,剔牙杖敢黄齑臭。

【前腔】(丑)咱门儿寻事头,你斋长干罢休?(末)要我谢酬,知那里留不留?“留不留”下丑当云:定留,定留,下亦该丑唱。(合)不论端阳九,但逢出府游,则捻着衫儿袖。(丑)望见府门了。

(丑)世间荣乐本逡巡，李商隐　(末)谁睬髭须白似银？曹　唐
(丑)风流太守容闲坐，朱庆余　(合)便有无边求福人。韩　愈
句解亦苟且。

【浣纱溪】(外引贴扮门子;丑扮皂隶上)山色好,讼庭稀。朝看飞鸟暮飞回。印床花落帘垂地。“杜母高风不可攀,甘棠游憩在南安。虽然为政多阴德,尚少阶前玉树兰。”我杜宝出守此间,只有夫人一女。寻个老儒教训她。昨日府学开送一名廪生陈最良。年可六旬,从来饱学。一来可以教授小女,二来可以陪伴老夫。今日放了衙参,吩咐安排礼酒,叫门子伺候。(众应介)

【前腔】(末儒巾蓝衫上)须抖擞,要拳奇。衣冠欠整老而衰。养浩然分庭还抗礼。(丑禀介)陈斋长到门。(外)就请衙内相见。(丑唱门介)南安府学生员进。(下)(末跪,起揖,又跪介)生员陈最良禀拜。(拜介)(末)“讲学开书院,(外)崇儒引席珍。(末)献酬樽俎列,(外)宾主位班陈。”叫左右,陈斋长在此清叙,着门役散回,家丁伺候。(众应下)(净扮家童上)(外)久闻先生饱学。敢问尊年有几,祖上可也习儒?(末)容禀。

【锁南枝】将耳顺,望古稀,儒冠误人霜鬓丝,(外)近来?(末)君子要知医,悬壶旧家世。(外)原来世医。还有他长?(末)凡杂作,可试为;但诸家,略通的。(外)这等一发有用。

【前腔】闻名久,识面初,果然大邦生大儒。(末)不敢。(外)有女颇知书,先生长训诂。(末)当得。则怕做不得小姐之师。(外)那女学士,你做的班大姑。今日选良辰,叫她拜师傅。(外)院子,敲云板,请小姐出来。

【前腔】(旦引贴上)添眉翠,摇佩珠,绣屏中生成仕女图。莲步鲤庭趋,儒门旧家数。(贴)先生来了怎好?(旦)那少不得去。丫头,那贤达女，都是些古镜模。你便略知书，也做好奴仆。（净报介）小姐到。（见介）（外）我儿过来。“玉不琢，不成器；人不学，不知道。”今日吉辰，来拜了先生。（内鼓吹介）（旦拜）学生自愧蒲柳之姿，敢烦桃李之教。（末）愚老恭承捧珠之爱，谬加琢玉之功。（外）春香丫头，向陈师父叩头。着她伴读。（贴叩头介）（介）敢问小姐所读何书？（外）男、女《四书》，她都成诵了。则看些经旨罢。《易经》以道阴阳，义理深奥；《书》以道政事，与妇女没相干；《春秋》、《礼记》，又是孤经；则《诗经》开首便是后妃之德，四个字儿顺口，且是学生家传，习《诗》罢。其余书史尽有，则可惜她是个女儿。

【前腔】（外）我年将半，性喜书，牙签插架三万余。（叹介）我伯道恐无儿，中郎有谁付？先生，她要看的书尽看。有不臻的所在，打丫头。（贴）哎哟！（外）冠儿下，她做个女秘书。小梅香，要防护。（末）谨领。（外）春香伴小姐进衙，我陪先生酒去。（旦拜介）“酒是先生馔，女为君子儒。”（下）（外）请先生后花园饮酒。巧！

（外）门馆无私白日闲，薛　能　（末）百年粗粝腐儒餐。杜　甫

（外）左家弄玉惟娇女，柳宗元　（合）花里寻师到杏坛。钱　起

【番卜算】（丑扮韩秀才上）因想至韩。家世大唐年，寄籍潮阳县。越王台上海连天，可是鹏程便？“榕树梢头访古台，下看甲子海门开。越王歌舞今何在？时有鹧鸪飞去来。”自家韩子才。俺公公唐朝韩退之，为上了《破佛骨表》，贬落潮州。一出门蓝关雪阻，马不能前。先祖心里暗暗道，第一程采头罢了。正苦中间，忽然有个湘子侄儿，乃下八洞神仙，蓝缕相见。俺退之公公一发心里不快。呵融冻笔，题一首诗在蓝关草驿之上。末二句单指着湘子说道：“知汝远来应有意，好收吾骨瘴江边。”湘子袖了这诗，长笑一声，腾空而去。果然后来退之公公潮州瘴死，举目无亲。那湘子恰在云端看见，想起前诗，按下云头，收其骨殖。到得衙中，四顾无人，单单则有湘子原妻一个在衙。四目相视，把湘子一点凡心顿起。当时生下一支，留在水潮，传了宗祀。小生乃其嫡派苗裔也。因乱流来广城。官府念是先贤之后，表请敕封小生为昌黎祠香火秀才。寄居赵佗王台子之上。正是：“虽然乞相寒儒，却是仙风道骨。”呀，早一位朋友上来。谁也？

【前腔】（生上）经史腹便便，昼梦人还倦。欲寻高耸看云烟，海色光平面。（相见介）（丑）是柳春卿，甚风儿吹的老兄来？来得爽纵。（生）偶而孤游上此台。笑七子调。（丑）这台上风光尽可矣。（生）则无奈登临不快哉。（丑）小弟此间受用也。（生）小弟想起来，到是不读书的人受用。（丑）谁？（生）赵佗王便是。

【锁寒窗】祖龙飞、鹿走中原，尉佗呵，他倚定着摩崖半壁天。称孤道寡，是他英雄本然。白占了江山，猛起些宫殿。似吾侪读尽万卷书，可有半块土么？那半部上山河不见。（合）由天，那攀今吊古也徒然，荒台古树寒烟。（丑）小弟看兄气象言谈，似有无聊之叹。先祖昌黎公有云：“不患有司之不明，只患文章之不精；不患有司之不公，只患经书之不通。”老兄，还则怕工夫有不到处。（生）这话休提。比如我公公柳宗元，与你公公韩退之，他都是饱学才子，却也时运不济。你公公错题了《佛骨表》，贬职潮阳。我公公则为在朝阳殿与王叔文丞相下棋子，惊了圣驾，直贬做柳州司马。都是边海烟瘴地方。那时两公一路而来，旅舍之中，两个挑灯细论。你公公说道：“宗元，宗元，我和你两人文章，三六九比势：我有《王泥水传》，你便有《梓人传》；我有《毛中书传》，你便有《郭驼子传》；我有《祭鳄鱼文》，你便有《捕蛇者说》。这也罢了。则我《进平淮西碑》，取奉取奉朝廷，你却又进个平淮西的雅。一篇一篇，你都放俺不过。恰如今贬窜烟方，也合着一处。岂非时乎，运乎，命乎！”韩兄，这长远的事休提了。假如俺和你论如常，难道便应这等寒落。因何俺公公造下一篇《乞巧文》，到俺二十八代元孙，再不曾乞得一些巧来？便是你公公立意做下《送穷文》，到老兄二十几辈了，还不曾送的个穷去？算来都则为“时运”二字所亏。（丑）是也。春卿兄，

【前腔】你**费家资制买书田**，怎知他**卖向明时不值钱**。虽然如此，你看赵佗王当时，也是个秀才陆贾，拜为奉使中大夫到此。赵佗王多少尊重他。**他归朝燕，黄金累千**。那时汉高皇厌见读书之人，但有个带儒巾的，都拿来溺尿。这陆贾秀才，端然带了四方巾，深衣大摆，去见汉高皇。那高皇望见，这又是个掉尿鳖子的来了。便迎着陆贾骂道：“你老子用马上得天下，何用诗书？”那陆生有趣，不多应他，只回他一句：“陛下马上取天下，能以马上治之乎？”汉高皇听了哑然一笑，说道：“便依你说。不管什么文字，念了与寡人听之。”陆大夫不慌不忙，袖里出一卷文字，恰是平日灯窗下纂集的《新语》一十三篇，高声奏上。那高皇才听了一篇，龙颜大喜。后来一篇一篇，都喝采称善。立封他做个关内侯。那一日好不气象！休道汉高皇，便是那两班文武，见者皆呼万岁。**一言掷地，万岁喧天**。（生叹介）则俺**连篇累牍无人见**。扁鼓平词，作《水浒》等传伎俩。（合前）（丑）再问春卿，在家何以为生？（生）寄食园公。（丑）依小弟说，不如干谒些须，可图前进。（生）你不知，今人少趣哩。（丑）老兄可知？有个钦差识宝中郎苗老先生，到是个知趣人。今秋任满，例于香山嶼多宝寺中赛宝。那时一往何如？（生）领教。

应念愁中恨索居，段成式　**青云器业俺全疏**。李商隐
越王自指高台笑，皮日休　**刘项原来不读书**。章　碣

（末上）“吟余改抹前春句，饭后寻思午晌茶。蚁上案头沿砚水，蜂穿窗眼咂瓶花。”我陈最良杜衙设帐，杜小姐家传《毛诗》。极承老夫人管待。今日早膳已过，我且把毛注潜玩一遍。（念介）“关关雎鸠，在河之洲。窈窕淑女，君子好逑。”好者好也，逑者求也。（看介）这早晚了，还不见女学生进馆。却也娇养的凶。待我敲三声云板。（敲云板介）春香，请小姐解书。

【绕池游】（旦引贴捧书上）素妆才罢，缓步书堂下。对净几明窗潇洒。（贴）《昔氏贤文》，把人禁杀，恁时节则好教鹦哥唤茶。生描灵写。（见介）（旦）先生万福，（贴）先生少怪。（末）凡为女子，鸡初鸣，咸盥、漱、栉、笄，问安于父母。日出之后，各供其事。如今女学生以读书为事，须要早起。（旦）以后不敢了。（贴）知道了。今夜不睡，三更时分，请先生上书。（末）昨日上的《毛诗》，可温习？（旦）温习了。则待讲解。（末）你念来。（旦念书介）“关关雎鸠，在河之洲。窈窕淑女，君子好逑。”（末）听讲。“关关雎鸠”，雎鸠是个鸟，关关鸟声也。（贴）怎样声儿？（末作鸠声）（贴学鸠声诨介）（末）此鸟性喜幽静，在河之洲。（贴）是了。不是昨日是前日，不是今年是去年，俺衙内关着个斑鸠儿，被小姐放去，一去去在何知州家。妙绝。（末）胡说，这是兴。（贴）兴个甚的哪？（末）兴者起也。起那下头窈窕淑女，是幽闲女子，有那等君子好好的来求她。（贴）为甚好好的求她？（末）多嘴哩。（旦）师父，依注解书，学生自会。但把《诗经》大意，敷演一番。

【掉角儿】（末）论《六经》，《诗经》最葩，闺门内许多风雅：有指证，姜原产哇；不嫉妒，后妃贤达。更有那咏鸡鸣，伤燕羽，泣江皋，思汉广，洗净铅华。有风有化，宜室宜家。（旦）这经文偌多？（末）《诗》三百，一言以蔽之，没多些，只“无邪”两字，付与儿家。正经关会。

书讲了。春香取文房四宝来模字。(贴下取上)纸、墨、笔、砚在此。(末)这甚么墨?(旦)丫头错拿了,这是螺子黛,画眉的。(末)这甚么笔?(旦作笑介)这便是画眉细笔。(末)俺从不曾见。拿去,拿去!这是甚么纸?(旦)薛涛笺。(末)拿去,拿去。只拿那蔡伦造的来。这是甚么砚?是一个是两个?(旦)鸳鸯砚。(末)许多眼?(旦)泪眼。(末)哭什么子?一发换了来。(贴背介)好个标老儿!待换去。(下换上)这可好?(末看介)着。(旦)学生自会临书。春香还劳把笔。(末)看你临。(旦写字介)(末看惊介)我从不曾见这样好字。这甚么格?(旦)是卫夫人传下美女簪花之格。(贴)待俺写个奴婢学夫人。(旦)还早哩。(贴)先生,学生领出恭牌。(下)(旦)敢问师母尊年?(末)目下平头六十。(旦)学生待绣对鞋儿上寿,请个样儿。(末)生受了。依《孟子》上样儿,做个"不知足而为屦"罢了。学生钻包,先生趁势。(旦)还不见春香来。(末)要唤她么?(末叫三度介)(贴上)害淋的。(旦作恼介)劣丫头哪里来?(贴笑介)溺尿去来。原来有座大花园。花明柳绿,好耍子哩。(末)哎也,不攻书,花园去。待俺取荆条来。(贴)荆条做甚么?

【前腔】女郎行那里应文科判衙?止不过识字儿书涂嫩鸦。(起介)(末)古人读书,有囊萤的,趁月亮的。(贴)待映月,耀蟾蜍眼花;待囊萤,把虫蚁儿活支煞。(末)悬梁、刺股呢?(贴)比似你悬了梁,损头发;刺了股,添疤痆。有甚光华!(内叫卖花介)(贴)小姐,你听一声声卖花,把读书声差。正是文章凌空起峭处,妙绝,妙绝!(末)又引逗小姐哩。待俺当真打一下。(末做打介)(贴闪介)你待打,打这哇哇,桃李门墙,崄把负荆人唬煞。(贴抢荆条投地介)(旦)死丫头,唐突了师父,快跪下。(贴跪介)(旦)师父看她初犯,容学生责认一遭儿。

【前腔】手不许把秋千索拿,脚不许把花园路踏。(贴)则瞧罢。(旦)还嘴,这招风嘴,把香头来绰疤;招花眼,把绣针儿签瞎。(贴)瞎了中甚用?(旦)则要你守砚台,跟书案,伴"诗云",陪"子曰",没的争差。(贴)争差些罢。(旦挦贴发介)则问你几丝儿头发,几条背花?敢也怕些些夫人堂上那些家法。(贴)再不敢了。(旦)可知道?(末)

也罢，松这一遭儿。起来。（贴起介）

【尾声】（末）女弟子则争个不求闻达，和男学生一般儿教法。你们工课完了，方可回衙。咱和公相陪话去。（合）怎辜负的这一弄明窗新绛纱。（末下）（贴作背后指末骂介）村老牛，痴老狗，一些趣也不知。（旦作扯介）死丫头，"一日为师，终身为父"，他打不的你？俺且问你那花园在那里？（贴做不说）（旦做笑问介）（贴指介）兀那不是！（旦）可有什么景致？（贴）景致么，有亭台六七座，秋千一两架。绕的流觞曲水，面着太湖山石。名花异草，委实华丽。（旦）原来有这等一个所在，且回衙去。

（旦）也曾飞絮谢家庭，李山甫　（贴）欲化西园蝶未成。张　泌

（旦）无限春愁莫相问，赵　嘏　（合）绿荫终借暂时行。张　祜

不为游花过峡，则此出庸板可删。

第八出 劝农

【夜游朝】（外引净扮皂隶，贴扮门子同上）何处行春开五马？采邠风物候秾华。竹宇闻鸠，朱幡引鹿。且留憩甘棠之下。【古调笑】"时节时节，过了春三二月。乍晴膏雨烟浓，太守春深劝农。农重农重，缓理征徭词讼。"俺南安府在江广之间，春事颇早。想俺为太守的，深居府堂，那远乡僻坞，有抛荒游懒的，何由得知？昨已吩咐该县置买花酒，待本府亲自劝农。想已齐备。（丑扮县吏上）"承行无令史，带办有农民。"禀爷爷，劝农花酒，俱已齐备。（外）吩咐起行。近乡之处，不许多人罗唣。（众应，喝道起行介）（外）正是："为乘阳气行春令，不是闲游玩物华。"（下）此等只是心通。

【前腔】（生、末扮父老上）白发年来公事寡，听儿童笑语喧哗。太守巡游，春风满马，敢借着这务农宣化？俺等乃是南安府清乐乡中父老。恭喜本府杜太爷，管治三年，慈祥端正，弊绝风清。凡各村乡约保甲，义仓社学，无不举行。极是地方有福。现今亲自各乡劝农，不免官亭伺候。那祗候们扛抬花酒到来也。

【普贤歌】（丑、老旦扮公人，扛酒提花上）俺天生的快手贼无过。衙舍里消消没的睃，扛酒去前坡。（做跌介）几乎破了哥，摔破了花花你赖不的我。（生、末）列位祗候哥到来。（老旦、丑）便是这酒埕子漏了，则怕酒少，烦老官儿遮盖些。（生、末）不妨。且抬过一边，村务里嗑酒去。（老旦、丑下）（生、末）地方端正坐椅，太爷到来。（虚下）

【排歌】（外引众上）红杏深花，菖蒲浅芽。春畴渐暖年华。竹篱茅舍酒旗儿叉。雨过炊烟一缕斜。(生、末接介)(合)提壶叫,布谷喳。行看几日免排衙。休头踏,省喧哗,怕惊他林外野人家。(皂禀介)禀爷,到官亭。(生、末见介)(外)众父老,此为何乡何都?(生、末)南安县第一都清乐乡。(外)待我一观。(望介)(外)美哉此乡,真个清而可乐也。**【长相思】**你看山也清,水也清,人在山阴道上行。春云处处生。(生、末)正是:官也清,吏也清,村民无事到公庭。农歌三两声。(外)父老,知我春游之意乎?

【八声甘州】平原麦洒,翠波摇翦翦,绿畴如画。如酥嫩雨,绕塍春色蘼苴。趁江南土疏田脉佳。怕人户们抛荒力不加。还怕,有那无头官事,误了你好生涯。(生、末)以前昼有公差,夜有盗警。老爷到后呵,

【前腔】千村转岁华。愚父老香盆,儿童竹马。阳春有脚,经过百姓人家,月明无犬吠黄花,雨过有人耕绿野。真个,村村雨露桑麻。(内歌《泥滑喇》介)(外)前村田歌可听。

【孝白歌】(净扮田夫上)泥滑喇,脚支沙,短耙长犁滑律的拿,夜雨撒菰麻,天晴出粪渣,香风腌鲊。(外)歌的好。"夜雨撒菰麻,天晴出粪渣,香风腌鲊",是说那粪臭。父老呵,他却不知这粪是香的。有诗为证:"焚香列鼎奉君王,馔玉炊金饱即妨。直到饥时闻饭过,龙涎不及粪渣香。"与他插花赏酒。(净插花赏酒,笑介)好老爷,好酒。(合)官里醉流霞,风前笑插花,把农夫们俊煞。(下)(门子禀介)一个小厮唱的来也。

【前腔】(丑扮牧童拿笛上)春鞭打,笛儿唦,倒牛背斜阳闪暮鸦。(笛指门子介)他一样小腰㩙,一般双髻髽,能骑大马。不放过。(外)歌的好。怎生指着门子唱"一样小腰㩙,一般双髻髽,能骑大马"?父老,他怎知骑牛的倒稳。有诗为证:"常羡人间万户侯,只知骑马胜骑牛。今朝马上看山色,争似骑牛得自由。"赏他酒,插花去。(丑插花饮酒介)(合)

官里醉流霞，风前笑插花，村童们俊煞。（下）（门子禀介）一对妇人歌的来也。

【前腔】（旦、老旦采桑上）那桑荫下，柳篓儿搓，顺手腰身剪一丫。呀，什么官员在此？俺罗敷自有家，便秋胡怎认她，提金下马？（外）歌的好。说与她，不是鲁国秋胡，不是秦家使君，是本府太爷劝农。见此勤劬采桑，可敬也。有诗为证："一般桃李听笙歌，此地桑阴十亩多。不比世间闲草木，丝丝叶叶是绫罗。"领酒，插花去。（二旦背插花，饮酒介）（合）官里醉流霞，风前笑插花，采桑人俊煞。（下）（门子禀介）又一对妇人唱的来也。

【前腔】（老旦、丑持筐采茶上）乘谷雨，采新茶，一旗半枪金缕芽。呀，什么官员在此？学士雪炊他，书生困想他，竹烟新瓦。（外）歌的好。说与他，不是邮亭学士，不是阳羡书生，是本府太爷劝农。看你妇女们采桑采茶，胜如采花。有诗为证："只因天上少茶星，地下先开百草精。闲煞女郎贪斗草，风光不似斗茶清。"领了酒，插花去。（老旦、丑插花，饮酒介）（合）官里醉流霞，风前笑插花，采茶人俊煞。（下）（生、末跪介）禀老爷，众父老茶饭伺候。（外）不消。余花余酒，父老们领去，给散小乡村，也见官府劝农之意。叫祗候们起马。（生、末做攀留不许介）（起叫介）村口男妇领了花赏了酒的，都来送太爷。

【清江引】（前各众插花上）黄堂春游韵潇洒，身骑五花马。村务里有光华，花酒藏风雅。男女们请了，你德政碑随路打。（下）

闾阎缭绕接山巅，杜　甫　　春草青青万顷田。张　继

日暮不辞停五马，羊士谔　　桃花红近竹林边。薛　能

第九出 肃 苑

【一江风】(贴上)小春香,一种在人奴上,画阁里纵娇养。侍娘行,弄粉调朱,贴翠拈花,惯向妆台傍。陪她理绣床,陪她烧夜香。小苗条吃的是夫人杖。"花面丫头十三四,春来绰约省人事。终须等着个助情花,处处相随步步觑。"俺春香日夜跟随小姐。看她名为国色,实守家声。嫩脸娇羞,老成尊重。又甚。只因老爷延师教授,读到《毛诗》第一章:"窈窕淑女,君子好逑。"悄然废书而叹曰:"圣人之情,尽见于此矣。今古同怀,岂不然乎?"春香因而进言:"小姐读书困闷,怎生消遣则个?"小姐一会沉吟,逡巡而起。便问道:"春香,你教我怎生消遣哪?"俺便应道:"小姐,也没个甚法儿,后花园走走罢。"小姐说:"死丫头,老爷闻知怎好?"春香应说:"老爷下乡,有几日了。"小姐低回不语者久之,方才取过历书选看,说明日不佳,后日欠好,除大后日,是个小游神吉期。预唤花郎,扫清花径。我一时应了,则怕老夫人知道。却也由她。且自叫那小花郎吩咐去。呀,回廊那厢,陈师父来了。正是:"年光到处皆堪赏,说与痴翁总不知。"

【前腔】(末上)老书堂,暂借扶风帐。日暖钩帘荡。呀,那回廊,小立双鬟,似语无言,近看如何相?是春香,问你恩官在那厢?夫人在那厢?女书生怎不把书来上?(贴)原来是陈师父。俺小姐这几日没工夫上书。(末)为甚?(贴)听呵,

【前腔】甚年光!忒煞通明相,所事关情况。(末)有什么情况?(贴)老师父还不知,老爷怪你哩。(末)何事?(贴)说你讲《毛诗》,毛的忒精了。乱话。妙!小姐呵,为诗章,讲动情肠。(末)则讲了个"关关雎鸠"。(贴)故此了。小姐说,关了的雎鸠,尚然有洲渚之兴,何以人而不如鸟乎!书要埋头,那景致则抬头望。如今吩咐,明后日游后花园。

(末)为甚去游?(贴)她平白地为春伤。因春去的忙,后花园要把春愁漾。(末)一发不该了。

【前腔】论娘行,出入人观望,步起须屏障。春香,你师父靠天也六十来岁,从不晓得伤个春,从不曾游个花园。(贴)为甚?(末)你不知。孟夫子说的好,圣人千言万语,则要人"收其放心"。腐,妙!但如常,着甚春伤?要甚春游?你放春归,怎把心儿放?小姐既不上书,我且告归几日。春香呵,你寻常到讲堂,时常向琐窗,怕燕泥香点涴在琴书上。我去了。"绣户女郎闲斗草,下帷老子不窥园。"(下)(贴吊场)且喜陈师父去了。叫花郎在么?(叫介)花郎!

【普贤歌】(丑扮小花郎醉上)一生花里小随衙,偷去街头学卖花。令史们将我揸,祇候们将我搭,狠烧刀、险把我嫩盘肠生灌煞。(见介)春姐在此。(贴)好打。私出衙前骗酒,这几日菜也不送。(丑)有菜夫。(贴)水也不枧。(丑)有水夫。(贴)花也不送。(丑)每早送花,夫人一份,小姐一份。(贴)还有一份哩?(丑)这该打。(贴)你叫什么名字?(丑)花郎。(贴)你把花郎的意思,㧐个曲儿俺听。㧐的好,饶打。(丑)使得。

【梨花儿】小花郎看尽了花成浪,则春姐花沁的水洸浪。和你这日高头偷眼眼,嗏,好花枝干鳖了作么朗!(贴)待俺还你也哥。

【前腔】小花郎做尽花儿浪,小郎当夹细的大当郎?(丑)哎哟,(贴)俺待到老爷回时说一浪,(采丑发介)嗏,敢几个小榔头把你分的朗。(丑倒介)罢了,姐姐为甚事光降小园?(贴)小姐大后日来瞧花园,好些扫除花径。(丑)知道了。

东郊风物正薰馨,崔日用　应喜家山接女星。陈　陶
莫遣儿童触红粉,韦应物　便教莺语太丁宁。杜　甫

吉甫

【绕池游】(旦上)梦回莺啭,乱煞年光遍。人立小庭深院。(贴)炷尽沉烟,抛残绣线,恁今春关情似去年?屯蒙困姤,豫泰同人,忽醉忽醒,半真半假,俱妙。更佳处声声女儿香口。**【乌夜啼】**"(旦)晓来望断梅关,宿妆残。(贴)你侧着宜春髻子恰凭栏。(旦)剪不断,理还乱,闷无端。(贴)已分付催花莺燕借春看。"(旦)春香,可曾叫人扫除花径?(贴)分付了。(旦)取镜台衣服来。(贴取镜台衣服上)"云髻罢梳还对镜,罗衣欲换更添香。"镜台衣服在此。

【步步娇】(旦)袅晴丝吹来闲庭院,摇漾春如线。停半晌、整花钿。没揣菱花,偷人半面,迤逗的彩云偏。(行介)步香闺怎便把全身现!(贴)今日穿插的好。

【醉扶归】(旦)你道翠生生出落的裙衫儿茜,艳晶晶花簪八宝填,可知我常一生儿爱好是天然。恰三春好处无人见。不提防沉鱼落雁鸟惊喧,则怕的羞花闭月花愁颤。(贴)早茶时了,请行。(行介)你看:"画廊金粉半零星,池馆苍苔一片青。踏草怕泥新绣袜,惜花疼煞小金铃。"(旦)不到园林,怎知春色如许!

【皂罗袍】原来姹紫嫣红开遍,似这般都付与断井颓垣。良辰美景奈何天,赏心乐事谁家院!恁般景致,我老爷和奶奶再不提起。(合)朝飞暮卷,云霞翠轩;雨丝风片,烟波画船——锦屏人忒看的这韶光贱!(贴)是花都放了,那牡丹还早。

【好姐姐】(旦)遍青山啼红了杜鹃,荼蘼外烟丝醉软。春香呵,牡丹虽好,他春归怎占的先!只是梅好。(贴)成对儿莺燕呵。(合)闲凝呖，生生燕语明如翦，呖呖莺歌溜的圆。从天气入草木，入鸟，步步情深，次第不乱。（旦）去罢。（贴）这园子委是观之不足也。（旦）提他怎的！（行介）

【隔尾】观之不足由他缱，便赏遍了十二亭台是枉然。到不如兴尽回家闲过遣。顿而一新。（作到介）（贴）“开我西阁门，展我东阁床。瓶插映山紫，炉添沉水香。”小姐，你歇息片时，俺瞧老夫人去也。（下）（旦叹介）“默地游春转，小试宜春面。”春呵，得和你两留连，春去如何遣？咳，恁般天气，好困人也。春香哪里？（作左右瞧介）（又低首沉吟介）天呵，春色恼人，信有之乎！常观诗词乐府，古之女子，因春感情，遇秋成恨，诚不谬矣。吾今年已二八，未逢折桂之夫；忽慕春情，怎得蟾宫之客？昔日韩夫人得遇于郎，张生偶逢崔氏，曾有《题红记》、《崔徽传》二书。此佳人才子，前以密约偷期，后皆得成秦晋。（长叹介）吾生于宦族，长在名门。年已及笄，不得早成佳配，诚为虚度青春，光阴如过隙耳。（泪介）可惜妾身颜色如花，岂料命如一叶乎！情文飘动人自软，心觉玉合，深晦没理。

【山坡羊】没乱里春情难遣，蓦地里怀人幽怨。则为俺生小婵娟，拣名门一例、一例里神仙眷。甚良缘，把青春抛的远！俺的睡情谁见？则索因循腼腆。想幽梦谁边，和春光暗流转？迁延，这衷怀哪处言！淹煎，泼残生，除问天！身子困乏了，且自隐几而眠。（睡介）（梦生介）（生持柳枝上）“莺逢日暖歌声滑，人遇风情笑口开。一径落花随水入，今朝阮肇到天台。”小生顺路儿跟着杜小姐回来，怎生不见？（回看介）呀，小姐，小姐！（旦作惊起介）（相见介）（生）小生哪一处不寻访小姐来，却在这里！（旦作斜视不语介）（生）恰好花园内，折取垂柳半枝。姐姐，你既淹通书史，可作诗以赏此柳枝乎？（旦作惊喜，欲言又止介）（背想）这生素昧平生，何因到此？（生笑介）小姐，咱爱杀你哩！

【山桃红】则为你如花美眷，似水流年，是答儿闲寻遍。在幽闺自怜。小姐，和你那答儿讲话去。（旦作含笑不行）（生作牵衣介）（旦低问）哪边去？（生）转过这芍药栏前，紧靠着湖山石边。（旦低问）秀才，去怎的？（生低答）和你把领扣松，衣带宽，袖梢儿揾着牙儿苫也，则待你忍耐温存一晌眠。（旦作羞）（生前抱）（旦推介）（合）是哪处曾相见，相看俨然，早难道这好处相逢无一言？（生强抱旦下）雅合。腾挪一会工夫，若《会真记》，未免仓忙投帖。（末扮花神束发冠，红衣插花上）"催花御史惜花天，检点春工又一年。蘸客伤心红雨下，勾人悬梦彩云边。"吾乃掌管南安府后花园花神是也。因杜知府小姐丽娘，与柳梦梅秀才，后日有姻缘之分。杜小姐游春感伤，致使柳秀才入梦。咱花神专掌惜玉怜香，竟来保护她，要她云雨十分欢幸也。

【鲍老催】（末）单则是混阳蒸变，看他似虫儿般蠢动把风情搧。一般儿娇凝翠绽魂儿颤。这是景上缘，想内成，因中见。呀，淫邪展污了花台殿。轻薄大样，忽作天眼禅眉。咱待拈片落花儿惊醒他。（向鬼门丢花介）他梦酣春透了怎留连？拈花闪碎的红如片。秀才才到半梦儿；梦毕之时，好送杜小姐仍归香阁。吾神去也。（下）

【山桃红】（生、旦携手上）（生）这一霎天留人便，草藉花眠。小姐可好？（旦低头介）（生）则把云鬟点，红松翠偏。小姐休忘了呵，见了你紧相偎，慢厮连，恨不得肉儿般团成片也，逗的个日下胭脂雨上鲜。（旦）秀才，你可去呵？（合）是那处曾相见，相看俨然，早难道这好处相逢无一言？（生）姐姐，你身子乏了，将息，将息。（送旦依前作睡介）（轻拍旦介）姐姐，俺去了。（作回顾介）姐姐，你可十分将息，我再来瞧你哪。"行来春色三分雨，睡去巫山一片云。"（下）（旦作惊醒，低叫介）秀才，秀才，你去了也？定要说出，《会真》亦然。（又作痴睡介）（老旦上）"夫婿坐黄堂，娇娃立绣窗，怪他裙衩上，花鸟绣双双。"孩儿，孩儿，你为甚瞌睡在此？（旦作醒，叫秀才介）咳也。（老旦）孩儿怎的来？（旦作惊起介）奶奶到此！（老旦）我儿，何不做些针指，或观玩书史，舒展情怀？因何昼寝于此？（旦）孩儿适花园中闲玩，忽值春喧恼人，故此回房，无可消遣，不觉困倦少息。有失迎接，望母亲恕儿之罪。（老旦）孩儿，这后花园中冷静，少去闲行。（旦）领母亲严命。（老旦）孩儿，学堂看书去。（旦）先生不在，且自消停。（老旦叹介）女孩儿长成，自有许多情态，情态下宜添"什么秀才"句。

且自由她。正是："宛转随儿女，辛勤做老娘。"（下）（旦长叹介）（看老旦下介）哎也，天那，今日杜丽娘有些侥幸也。偶到后花园中，百花开遍，睹景伤情。没兴而回，昼眠香阁。忽见一生，年可弱冠，丰资俊妍。于园中折得柳丝一枝，笑对奴家说："姐姐既淹通书史，何不将柳枝题赏一篇？"那时待要应他一声，心中自忖，素昧平生，不知名姓，何得轻与交言。正如此想间，只见那生向前说了几句伤心话儿，将奴搂抱去牡丹亭畔，芍药阑边，共成云雨之欢。两情和合，真个是千般爱惜，万种温存。欢毕之时，又送我睡眠，几声"将息"。正待自送那生出门，忽值母亲来到，唤醒将来。我一身冷汗，乃是南柯一梦。忙身参礼母亲，又被母亲絮了许多闲话。奴家口虽无言答应，心内思想梦中之事，何曾放怀。行坐不宁，自觉如有所失。娘呵，你教我学堂看书去，知他看那一种书消闷也。（作掩泪介）

【绵搭絮】雨香云片，才到梦儿边，无奈高堂，唤醒纱窗睡不便。泼新鲜冷汗粘煎，闪的俺心悠步亸，意软鬟偏。不争多费尽神情，坐起谁忺？则待去眠。（贴上）"晚妆销粉印，春润费香篝。"小姐，薰了被窝睡罢。

【尾声】（旦）困春心游赏倦，也不索香薰绣被眠。天呵，有心情那梦儿还去不远。妙！

春望逍遥出画堂，张　说　间梅遮柳不胜芳。罗　隐
可知刘阮逢人处？许　浑　回首东风一断肠。韦　庄

（老旦上）"昨日胜今日，今年老去年。可怜小儿女，长自绣窗前。"几日不到女孩儿房中，午晌去瞧她，只见情思无聊，独眠香阁。问知她自后花园回，身子困倦。她年幼不知：凡少年女子，最不宜艳妆戏游空冷无人之处。这都是春香贱材逗引她。春香哪里？（贴上）"闺中图一睡，堂上有千呼。"奶奶，怎夜分时节，还未安寝？（老旦）小姐在哪里？（贴）陪过夫人到香阁中，自言自语，淹淹春睡去了。敢在做梦也。（老旦）你这贱材，引逗小姐后花园去。倘有疏虞，怎生是了！（贴）以后再不敢了。（老旦）听俺分付：

【征胡兵】女孩儿只合香闺坐，拈花剪朵。问绣窗针指如何？逗工夫一线多。更昼长闲不过，琴书外自有好腾挪。去花园怎么？（贴）花园好景。（老旦）丫头，不说你不知：

【前腔】后花园窣静无边阔，亭台半倒落。便我中年人要去时节，尚兀自里打个磨陀。女儿家甚做作？星辰高犹自可。（贴）不高怎的？（老旦唱）斯撞着，有甚不着科，教娘怎么？小姐不曾晚餐，早饭要早。你说与她。

（老）风雨林中有鬼神，苏广文　（贴）寂寥未是采花人。郑　谷

（老）素娥毕竟难防备，段成式　（贴）似有微词动绛唇。唐彦谦

第十二出 寻梦

连前《惊梦》，几争宋玉、蒙庄。

【夜游宫】（贴上）腻脸朝匀罢盥，倒犀簪斜插双鬟。侍香闺起早，睡意阑珊：衣桁前，妆阁畔，画屏间。伏侍千金小姐，丫环一位春香。请过猫儿师父，不许老鼠放光。侥幸《毛诗》感动，小姐吉日时良。拖带春香遣闷，后花园里游芳。谁知小姐瞌睡，恰遇着夫人问当。絮了小姐一会，要与春香一场。春香无言知罪，以后劝止娘行。夫人还是不放，少不得发咒禁当。（内介）春香姐，发个甚咒来？（贴）敢再跟娘胡撞，教春香即世里不见儿郎。虽然一时抵对，乌鸦管的凤凰？一夜小姐焦躁，起来促水朝妆。由她自言自语，日高花影纱窗。（内介）快请小姐早膳。（贴）"报道官厨饭熟，且去传递茶汤。"（下）

【月儿高】（旦上）几曲屏山展，残眉黛深浅。为甚衾儿里不住的柔肠转？这憔悴非关爱月眠迟倦，可为惜花，朝起庭院？"忽忽花间起梦情，女儿心性未分明。无眠一夜灯明灭，怪煞梅香唤不醒。"昨日偶尔春游，何人见梦。绸缪顾盼，如遇平生。独坐思量，情殊怅怳。真个可怜人也。（闷介）（贴捧茶食上）"香饭盛来鹦鹉粒，清茶擎出鹧鸪斑。"小姐早膳哩。（旦）咱有甚心情也！

【前腔】梳洗了才匀面，照台儿未收展。睡起无滋味，茶饭怎生咽？（贴）夫人分付，早饭要早。（旦）你猛说夫人，则待把饥人劝。你说为人在世，怎生叫做吃饭？（贴）一日三餐。（旦）咳，甚瓯儿气力与擎拳！生生的了前件。你自拿去吃便了。（贴）"受用余杯冷炙，胜如剩粉残膏。"（下）（旦）春香已去。天呵，昨日所梦，池亭俨然。只图旧梦重来，其奈新愁一段。寻思展转，竟夜无眠。咱待乘此空闲，背却春香，悄向花园寻看。（悲介）哎也，似咱这般，正是："梦无彩凤双飞翼，心有灵犀一点通。"(行介)一径行来,喜的园门洞开,守花的都不在。则这残红满地呵!

【懒画眉】最撩人春色是今年。少甚么低就高来粉画垣,原来春心无处不飞悬。(绊介)哎,睡荼蘼抓住裙衩线,恰便是花似人心好处牵。这一湾流水呵!

【前腔】为甚呵,玉真重溯武陵源?也则为水点花飞在眼前。是天公不费买花钱,则咱人心上有啼红怨。咳,辜负了春三二月天。(贴上)吃饭去,不见了小姐,则得一径寻来。呀,小姐,你在这里!

【不是路】何意婵娟,小立在垂垂花树边。才朝膳,个人无伴怎游园?(旦)画廊前,深深蓦见衔泥燕,随步名园是偶然。(贴)娘回转,幽闺窣地教人见,"哪些儿闲串?哪些儿闲串?"

【前腔】(旦作恼介)哇,偶尔来前,道的咱偷闲学少年。(贴)咳,不偷闲,偷淡。(旦)欺奴善,把护春台都猜做谎桃源。(贴)敢胡言,这是夫人命,道春多刺绣宜添线,润逼炉香好腻笺。(旦)还说甚来?(贴)这荒园堑,怕花妖木客寻常见。去小庭深院,去小庭深院!恍惚一掌。(旦)知道了。你好生答应夫人去,俺随后便来。(贴)"闲花傍砌如依主,娇鸟嫌笼会骂人。"(下)(旦)丫头去了,正好寻梦。

【忒忒令】那一答可是湖山石边,这一答似牡丹亭畔。嵌雕阑芍药芽儿浅,一丝丝垂杨线,一丢丢榆荚钱。线儿春甚金钱吊转!呀,昨日那书生将柳枝要我题咏,强我欢会之时,好不话长!

【嘉庆子】是谁家少俊来近远,敢迤逗这香闺去沁园?话到其间腼腆。他捏这眼,奈烦也天;咱噷这口,待酬言。

【尹令】那书生可意呵,咱不是前生爱眷,又素乏平生半面。则道来

生出现，乍便今生梦见。生就个书生，恰恰生生抱咱去眠。那些好不动人春意也。

【品令】他倚太湖石，立着咱玉婵娟。待把俺玉山推倒，便日暖玉生烟。挂过雕阑，转过秋千，掯着裙花展。敢席着地，怕天瞧见。好一会分明，美满幽香不可言。梦到正好时节，甚花片儿吊下来也！

【豆叶黄】他兴心儿紧咽咽，呜着咱香肩。俺可也慢掂掂做意儿周旋。等闲间把一个照人儿昏善，"昏善"两字佳。那般形现，那般软绵。忑一片撒花心的红影儿吊将来半天。敢是咱梦魂儿厮缠？咳，寻来寻去，都不见了，牡丹亭，芍药阑，怎生这般凄凉冷落，杳无人迹？好不伤心也？

【玉交枝】（泪介）是这等荒凉地面，没多半亭台靠边，好是咱眯奚色眼寻难见。明放着白日青天，猛教人抓不到魂梦前。霎时间有如活现，打方旋再得俄延，呀，是这答儿压黄金钏匾。响锋没石。要再见那书生呵，

【月上海棠】怎赚骗，依稀想像人儿见。那来时荏苒，去也迁延。非远，那雨迹云踪才一转，敢依花傍柳还重现。昨日今朝，眼下心前，阳台一座登时变。再消停一番。（望介）呀，无人之处，忽然大梅树一株，梅子磊磊可爱。

【二犯幺令】偏则它暗香清远，伞儿般盖的周全。他趁这，他趁这春三月红绽雨肥天，叶儿青。偏迸着苦仁儿里撒圆。爱杀这昼阴便，再得到罗浮梦边。罢了，这梅树依依可人，我杜丽娘若死后，得葬于此，幸矣。只管着梅了。

【江儿水】偶然间心似缱，梅树边。这般花花草草由人恋，生生死

鳴岐

死随人愿，便酸酸楚楚无人怨。待打并香魂一片，阴雨梅天，守的个梅根相见。（倦坐介）（贴上）“佳人拾翠春亭远，侍女添香午院清。”咳，小姐走乏了，梅树下眊。

【川拨棹】你游花院，怎靠着梅树偃？（旦）一时间望，一时间望眼连天，忽忽地伤心自怜。（泣介）（合）知怎生情怅然，知怎生泪暗悬？（贴）小姐甚意儿？

【前腔】（旦）春归人面，整相看无一言。我待要折，我待要折的那柳枝儿问天。我如今悔，我如今悔不与题笺。（贴）这一句猜头儿是怎言？（合前）（贴）去罢。（旦作行又住介）

【前腔】为我慢归休，缓留连。（内鸟啼介）听，听这不如归春暮天，难道我再，难道我再到这亭园，则挣的个长眠和短眠！不知说甚，絮絮叨叨。（合前）（贴）到了，和小姐瞧奶奶去。（旦）罢了。

【意不尽】软哈哈刚扶到画阑偏，报堂上夫人稳便。咱杜丽娘呵，少不得楼上花枝也则是照独眠。

（旦）武陵何处访仙郎？释皎然　（贴）只怪游人思易忘。韦　庄
（旦）从此时时春梦里，白居易　（贴）一生遗恨系心肠。张　祜

【杏花天】(生上)虽然是饱学名儒,腹中饥,峥嵘胀气。梦魂中紫阁丹墀,猛抬头、破屋半间而已。“蛟龙失水砚池枯,狡兔腾天笔势孤。百事不成真画虎,一枝难稳又惊乌。”我柳梦梅在广州学里,也是个数一数二的秀才,捱了些数伏数九的日子。于今藏身荒圃,寄口髯奴。思之,思之,惶愧,惶愧。想起韩友之谈,不如外县傍州,寻觅活计。正是:“家徒四壁求杨意,树少千头愧木奴。”老园公哪里?

【字字双】(净扮郭驼上)前山低坬后山堆,驼背;牵弓射弩做人儿,把势;一连十个偌来回,漏地;有时跌做绣球儿,滚气。自家种园的郭驼子是也。祖公公郭橐驼,从唐朝柳员外来柳州。我因兵乱,跟随他二十八代玄孙柳梦梅秀才的父亲,流转到广,又是若干年矣。卖果子回来,看秀才去。(见介)秀才,读书辛苦。(生)园公,正待商量一事。我读书过了廿岁,并无发迹之期。思想起来,前路多长,岂能郁郁居此。搬柴运水,多有劳累。园中果树,都判与伊。听我道来:

【桂花锁南枝】俺有身如寄,无人似你。俺吃尽了黄淡酸甜,费你老人家浇培接植。你道俺像甚的来?镇日里似醉汉扶头。甚日的和老驼伸背?自株守,教怨谁?让荒园,你存济。

【前腔】(净)俺橐驼风味,种园家世。(揖介)不能够展脚伸腰,也和你鞠躬尽力。秀才,你贴了俺果园哪里去?(生)坐食三餐,不如走空一棍。(净)怎生叫做一棍?(生)混名打秋风哩!(净)咳,你费工夫去撞府穿州,不如依本分登科及第。(生)你说打秋风不好?“茂陵刘郎秋风客”,到大来做了皇帝。(净)秀才,不要攀今吊古的。你待秋风谁?你道滕王阁,风顺随;则怕鲁颜碑,响雷碎。顺凑。(生)俺干谒之兴甚浓,休的阻挡。(净)也整理些衣服去。

鸣岐

【尾声】把破衫衿彻骨捶挑洗。(生)学干谒黉门一布衣。(净)秀才，则要你衣锦还乡俺还见的你。

(生)此身飘泊苦西东，杜　甫　(净)笑指生涯树树红。陆龟蒙

(生)欲尽出游那可得？武元衡　(净)秋风还不及春风。王　建

"写"字改"存"字佳。

【破齐阵】(旦上)径曲梦回人杳,闺深珮冷魂销。似雾濛花,如云漏月,一点幽情动早。(贴上)怕待寻芳迷翠蝶,倦起临妆听伯劳。春归红袖招。【醉桃源】"(旦)不经人事意相关,牡丹亭梦残。(贴)断肠春色在眉弯,倩谁临远山?(旦)排恨叠,怯衣单,花枝红泪弹。(合)蜀妆晴雨画来难,高唐云影间。"(贴)小姐,你自花园游后,寝食悠悠,敢为春伤,顿成消瘦?春香愚不谏贤,那花园以后再不可行走了。(旦)你怎知就里?这是:"春梦暗随三月景,晓寒瘦减一分花。"

【刷子序犯】(旦低唱)春归恁寒峭,都来几日意懒心乔,竟妆成熏香独坐无聊。逍遥,怎划尽助愁芳草,甚法儿点活心苗!真情强笑为谁娇?泪花儿打迸着梦魂飘。

【朱奴儿犯】(贴)小姐,你热性儿怎不冰着,冷泪儿几曾干燥?这两度春游忒分晓,是禁不的燕吵莺闹。你自窨约,敢夫人见焦。再愁烦,十分容貌怕不上九分瞧。逗入无笋。(旦作惊介)咳,听春香言语,俺丽娘瘦到九分九了。俺且镜前一照,委是如何?(照介)(悲介)哎也,俺往日艳冶轻盈,奈何一瘦至此!若不趁此时自行描画,流在人间,一旦无常,谁知西蜀杜丽娘有如此之美貌乎!春香,取素绢、丹青,看我描画。(贴下取绢、笔上)"三分春色描来易,一段伤心画出难。"绢幅、丹青,俱已齐备。(旦泣介)杜丽娘二八春容,怎生便是杜丽娘自手生描也呵!

【普天乐】这些时把少年人如花貌,不多时憔悴了。不因他福分难销,可甚的红颜易老?论人间绝色偏不少,等把风光丢抹早。打灭起离魂舍欲火三焦，摆列着昭容阁文房四宝，待画出西子湖眉月双高。

【雁过声】（照镜叹介）轻绡，把镜儿擘掠。笔花尖淡扫轻描。影儿呵，和你细评度：你腮斗儿恁喜谑，则待注樱桃，染柳条，渲云鬟烟霭飘萧；眉梢青未了，个中人全在秋波妙，可可的淡春山钿翠小。着力摆脱《琵琶》。

【倾杯序】（贴）宜笑，淡东风立细腰，又似被春愁着。（旦）谢半点江山，三分门户，一种人才，小小行乐，捻青梅闲厮调。倚湖山梦晓，对垂杨风袅。忑苗条，斜添他几叶翠芭蕉。布景。春香，橙起来，橙音诤，开张画绘也。可厮像也？

【玉芙蓉】（贴）丹青女易描，真色人难学。似空花水月，影儿相照。（旦喜介）画的来可爱人也。咳，情知画到中间好，再有似生成别样娇。（贴）只少个姐夫在身旁。若是姻缘早，把风流婿招，少什么美夫妻图画在碧云高！（旦）春香，咱不瞒你，花园游玩之时，咱也有个人儿。（贴惊介）小姐，怎的有这等方便呵？（旦）梦哩！

【山桃犯】有一个曾同笑，待想像生描着，再消详邈入其中妙，则女孩家怕漏泄风情稿。这春容呵，似孤秋片月离云峤，甚蟾宫贵客傍的云霄？春香，记起来了。那梦里书生，曾折柳一枝赠我。此莫非他日所适之夫姓柳乎？故有此警报耳。偶成一诗，暗藏春色，题于帧首之上何如？（贴）却好。（旦题吟介）"近睹分明似俨然，远观自在若飞仙。他年得傍蟾宫客，不在梅边在柳边。"诗不佳。（放笔叹介）春香，也有古今美女，早嫁了丈夫相爱，替他描模画样；也有美人自家写照，寄与情人。似我杜丽娘寄谁呵！

【尾犯序】心喜转心焦。喜的明妆俨雅，仙珮飘摇。则怕呵，把俺年

深色浅，当了个金屋藏娇。虚劳，寄春容教谁泪落，做真真无人唤叫。（泪介）堪愁夭，精神出现留与后人标。言空空贮在，如此想头。埋阵次第。春香，悄悄唤那花郎分付他。（贴叫介）（丑扮花郎上）“秦宫一生花里活，崔徽不似卷中人。”小姐有何分付？（旦）这一幅行乐图，向行家裱去。叫人家收拾好些。

【鲍老催】这本色人儿妙，助美的谁家裱？要练花绡帘儿莹、边阑小，教他有人问着休胡嘌。日炙风吹悬衬的好，怕好物不坚牢。把咱巧丹青休涴了。（丑）小姐，裱完了，安奉在哪里？带管裱工，文外余衬，知此则题边无限生发。

【尾声】（旦）尽香闺赏玩无人到，（贴）这形模则合挂巫山庙。（合）又怕为雨为云飞去了。

（贴）眼前珠翠与心违，崔道融　（旦）却向花前痛哭归。韦　庄
（贴）好写娇娆与教看，罗　虬　（旦）令人评泊画杨妃。韩　偓

第十五出 虏谍

李全之乱为杜公围困地耳，杜公之围为柳郎行探计耳。此折则为李全作引。

【一枝花】（净扮番王引众上）天心起灭了辽，世界平分了赵。静鞭儿替了胡笳哨。擂鼓鸣钟，看文武班齐到。骨碌碌南人笑，则个鼻凹儿跷，脸皮儿皺，毛梢儿魋。

“万里江山万里尘。一朝天子一朝臣。俺北地怎禁沙日月，南人偏占锦乾坤。”自家大金皇帝完颜亮是也。身为夷虏，性爱风骚。俺祖公阿骨都，抢了南朝天下，赵康王走去杭州，今又三十余年矣。听得他妆点杭州，胜似汴梁风景。一座西湖，朝欢暮乐。有个曲儿，说他“三秋桂子，十里荷花。”便待起兵百万，吞取何难？兵法虚虚实实，俺待用个南人，为我乡导。喜他淮扬贼汉李全，有万夫不当之勇。他心顺溜于俺，俺先封他为溜金王之职。限他三年内招兵买马，骚扰淮扬地方，相机而行，以开征进之路。哎哟，俺巴不到西湖上散闷儿也！

北【二犯江儿水】平分天道，虽则是平分天道，高头偏俺照。俺司天台标着那南朝，标着他那答儿好。（众）哪答里好？（净笑介）你说西子怎妖娆，向西湖上笑倚着栏桡。（众）西湖有俺这南海子、北海子大么？（净）周围三百里。波上花摇，云外香飘。无明夜、锦笙歌围醉绕。（众）万岁爷，借他来耍耍。（净）已潜遣画工，偷将他全景来了。湖可借耶，又可偷耶，番语颇隽。那湖上有吴山第一峰，画俺立马其上。俺好不狠也！吴山最高，俺立马在吴山最高；江南低小，也看见了江南低小。（舞介）俺怕不占场儿砌一个《锦西湖上马娇》。（众）奏万岁爷，怕急不能够到西湖，何方驻驾？

北【尾】（净）呀，急切要画图中匹马把西湖哨，且迤递的看花向洛阳

鳴岐

道。我呵，少不的把赵康王剩水残山都占了。

线大长江扇大天！谭　峭　旌旗遥拂雁行偏。司空图

可胜饮尽江南酒？张　祜　交割山川直到燕。王　建

【三登乐】(老旦上)今生怎生?偏则是红颜薄命,眼见的孤苦仃俜。(泣介)掌上珍,心头肉,泪珠儿暗倾。天呵,偏人家七子团圆,一个女孩儿厮病。【清平乐】"如花娇怯,合得天饶借。风雨于花生分劣。作意十分凌藉,止堪深阁重帘,谁教月榭风檐。我发短回肠寸断,眼昏眵泪双淹。"老身年将半百,单生一女丽娘。因何一病,起倒半年?看她举止容谈,不以风寒暑淫。中间缘故,春香必知,则问他便了。春香贱才哪里?(贴上)有哩。我"眼里不逢乖小使,掌中擎着个病多娇。得知堂上夫人召,剩酒残脂要咱消"。春香叩头。(老旦)小姐闲常好好的,才着你贱才伏侍她,不上半年,偏是病害。可恼,可恼!且问近日茶饭多少?

【驻马听】(贴)她茶饭何曾,所事儿休提、叫懒应。看她娇啼隐忍,笑谵迷厮,睡眼懵忪。(老旦)早早禀请太医了。(贴)则除是八法针针断软绵情。怕九还丹丹不的腌臜症。(老旦)是什么病?(贴)春香不知,道她一枕秋清,却怎生还害的是春前病。高才!(老旦哭介)怎生了。

【前腔】她一搦身形,瘦的庞儿没了四星。都是小奴才逗她。大古是烟花惹事,莺燕成招,云月知情。贱才还不跪!取家法来。(贴跪介)春香实不知道。(老旦)因何瘦坏了玉娉婷,你怎生触损了她娇情性?(贴)小姐好好的拈花弄柳,不知因甚病了。(老旦恼,打贴介)打你这牢承,嘴骨棱的胡遮映?要敌实甫,俯却汉卿。(贴)夫人休闪了手。容春香诉来。针线。便是那一日游花园回来,夫人撞到时节,说个秀才手里折的柳枝儿,要小姐题诗。小姐说这秀才素昧平生,也不和他题了。(老旦)不题罢了。后来?(贴)后来那、那、那秀才就一拍手把小姐端端正正抱在牡丹亭上去了。(老旦)去怎的?(贴)春香怎得知?小姐做梦哩。

(老旦惊介)是梦么?(贴)是梦。(老旦)这等着鬼了,快请老爷商议。(贴请介)老爷有请。(外上)"肘后印嫌金带重,掌中珠怕玉盘轻。"夫人,女儿病体因何?(老旦泣介)老爷听讲:

【前腔】说起心疼,这病知她是怎生!看她长眠短起,似笑如啼,有影无形。原来女儿到后花园游了。梦见一人手执柳枝,闪了她去。(作叹介)怕腰身触污了柳精灵,虚器侧犯了花神圣。老爷呵,急与禳星,怕流星赶月相刑迸。(外)却还来。我请陈斋长教书,要她拘束身心。你为母亲的,倒纵她闲游。(笑介)则是些日炙风吹,伤寒流转。便要禳解,不用师巫,则叫紫阳宫石道婆诵些经卷可矣。古语云:"信巫不信医,一不治也。"我已请过陈斋长看她脉息去了。(老旦)看甚脉息,若早有了人家,敢没这病。(外)咳,古者男子三十而娶,女子二十而嫁。女儿点点年纪。知道个什么呢?都是家常茶饭,人决不能办。

【前腔】忒恁憨生,一个哇儿甚七情?则不过往来潮热,大小伤寒,急慢风惊。则是你为母的呵,真珠不放在掌中擎,因此娇花不奈这心头病。(泣介)(合)两口丁零,告天天,半边儿是咱全家命。(丑扮院公上)"人来大庾岭,船去郁孤台。"禀老爷,有使客到。

【尾声】(外)俺为官公事有期程。夫人,好看惜女儿身命,少不的人向秋风病骨轻。(外、丑下)(老旦、贴吊场介)(老旦)"无官一身轻,有子万事足。"我看老相公则为往来使客,把女儿病都不瞧。好伤怀也。(泣介)想起来一边叫石道婆禳解,一边教陈教授下药。知他效验如何?正是:"世间只有娘怜女,天下能无卜与医!"(下)捎带。

柳起东风惹病身,李 绅 举家相对却沾巾。刘长卿
遍依仙法多求药,张 籍 会见蓬山不死人。项 斯

吉甫

【风入松】(净扮老道姑上)人间嫁娶苦奔忙,只为有阴阳。问天天从来不具人身相,只得来道扮男妆,屈指有四句之上,当人生,梦一场。一片精评说,恰觉灵洞锦穿。

[集唐]"紫府空歌碧落寒李群玉,竹石如山不敢安杜甫。长恨人心不如石刘禹锡,每逢佳处便开看韩愈。"贫道紫阳宫石道姑是也。俗家原不姓石,则因生为石女,为人所弃,故号"石姑"。思想起来:要还俗,《百家姓》上有俺一家;论出身,《千字文》中有俺数句。天呵,非是俺"求古寻论",恰正是"史鱼秉直"。俺因何住在这"楼观飞惊",打并的"劳谦谨敕"?看修行似"福缘善庆",论因果是"祸因恶积"。有甚么"荣业所基"?几辈儿"林皋幸即"。生下俺"形端表正",那些"性静情逸"。大便孔似"园莽抽条",小净处也"渠荷滴沥"。只那些儿正好叉着口,"钜野洞庭";偏和你灭了缝,"昆池碣石"。虽则石路上可以"路侠槐卿",石田中怎生"我艺黍稷"?难道嫁人家"空谷传声"?则好守娘家"孝当竭力"。可奈不由人"诸姑伯叔",聒噪俺"入奉母仪"。母亲说你内才儿虽然"守真志满",外像儿"毛施淑姿",是人家有个"上和下睦",偏你石二姐没个"夫唱妇随"?辰属孤宿。便请了个有口齿的媒人,"信使可覆"。许了个大鼻子的女婿,"器欲难量"。则见不多时,那人家下定了。说道选择了一年上"日月盈昃",配定了八字儿"辰宿列张"。他过的礼,"金生丽水",俺上了轿,"玉出昆冈"。遮脸的"纨扇圆洁",引路的"银烛辉煌"。那新郎好不打扮的头直上"高冠陪辇"。咱新人一般排比了腰儿下"束带矜庄"。请了些"亲戚故旧",半路上"接杯举觞"。请新人"升阶纳陛",叫女伴们"侍巾帷房"。合卺的"弦歌酒宴",撒帐的"诗赞羔羊"。把俺做新人嘴脸儿一寸寸"鉴貌辨色",将俺那宝妆奁一件件都"寓目囊箱"。早是二更时分,新郎紧上来了。替俺说,俺两口儿活像"鸣凤在竹",一时间就要"白驹食场"。则见被窝儿"盖此身发",灯影里褪尽了这几件"乃服衣裳"。天呵,瞧了他那"驴骡犊特";教俺好一会"悚惧恐惶"。那新郎见我害怕,说道:新人,你年纪不少了,"闰余成岁"。

俺可也不使狠，和你慢慢的“律吕调阳”。俺听了口不应，心儿里笑着。新郎，新郎，任你“矫手顿足”，你可也“靡恃己长”。三更四更了，他则待阳台上“云腾致雨”，怎生巫峡内“露结为霜”？他一时摸不出路数儿，道是怎的？快取亮来。侧着脑要“右通广内”，踣着眼在“篮笋象床”。那时节俺口不说，心下好不冷笑。新郎，新郎，俺这件东西，则许你“徘徊瞻眺”，怎许你“适口充肠”。如此者几度了，恼的他气不忿的嘴唠叨“俊乂密勿”，累的他凿不窍皮混沌的“天地玄黄”。和他整夜价则是“寸阴是竞”。待讲起，丑煞那“属耳垣墙”。恶得紧。几番待悬梁，待投河，“免其指斥”。若还用刀钻，用线药，“岂敢毁伤”？便挤做赳了交“索居闲处”，甚法儿取他意“悦豫且康”？有了，有了，他没奈何央及煞后庭花“背邙面洛”，俺也则得且随顺干荷叶，和他“秋收冬藏”。哎哟，对面儿做的个“女慕贞洁”，转腰儿倒做了“男效才良”。虽则暂时间“释纷利俗”，毕竟情意儿“四大五常”。要留俺怕误了他“嫡后嗣续”，要嫁了俺怕人笑“饥厌糟糠”。这时节俺也索劝他了：官人，官人，少不得请一房“妾御绩纺”，省你气那“鸟官人皇”。俺情愿“推位让国”，则要你“得能莫忘”。后来当真讨一个了。没多时做小的“宠增抗极”，反撚去俺为正的“率宾归王”。不怨他，只“省躬讥诫”。出了家罢，俺则“垂拱平章”。若论这道院里，昔年也不甚“宫殿盘郁”；到老身，才开辟了“宇宙洪荒”。画真武“剑号巨阙”，步北斗“珠称夜光”。奉香供“果珍李柰”，把斋素也是“菜重芥姜”。世间味识得破“海咸河淡”，人中网逃得出“鳞潜羽翔”。俺这出了家呵，把那几年前做新郎的臭粘涎“骸垢想浴”，将俺即世里做老婆的干柴火“执热愿凉”。则可惜做观主“游鹍独运”，也要知观的“顾答审详”。赴会的都要“具膳餐饭”，行脚的也要“老少异粮”。怎生观中再没个人儿？也都则是“沉默寂寥”，全不会“笺牒简要”。俺老将来“年矢每催”，镜儿里“晦魄环照”。硬配不上仕女图“驰誉丹青”，也要接得着仙真传“坚持雅操”。懒云游“东西二京”，端一味“坐朝问道”。女冠子有几个“同气连枝”，骚道士不与他“工颦妍笑”。怕了他暗地虎“布射辽丸”，则守着寒水鱼“钧巧任钓”。使唤的只一个“犹子比儿”，叫做癞头鼋“愚蒙等诮”。（内）姑娘骂俺哩，俺是个妙人儿。（净）好不羞。“殆辱近耻”，到夸奖你“并皆佳妙”。（内）杜太爷皂隶拿姑娘哩。（净）为甚么？（内）说你是个贼道。（净）咳，便道那府牌来“杜藁钟隶”，把俺做女妖看“诛斩贼盗”。俺可也“散虑逍遥”，不用你这般“虚辉朗耀”。（丑扮府差上）"承差府堂上，提名仙观中。"（见介）（净）府牌哥为何而来？

【大迓鼓】（丑）府主坐黄堂，夫人传示，衙内敲梆，知她小姐年多长，染一疾，半年光。（净）俺不是女科。（丑）请你修斋，一会祈禳。

【前腔】（净）俺仙家有禁方。小小灵符，带在身旁。教他刻下人无恙。（丑）有这等灵符！快行动些。（行介）（净）叫童儿。（内应介）（净）好看守，卧云房。殿上无人，仔细灯香。（内）知道了。

（净）紫微宫女夜焚香，王　建　（丑）古观云根路已荒。释皎然
（净）犹有真妃长命缕，司空图　（丑）九天无事莫推忙。曹　唐

【一江风】(贴扶病旦上)(旦)病迷厮。为甚轻憔悴?打不破愁魂谜。梦初回,燕尾翻风,乱飒起湘帘翠。春去偌多时,春去偌多时,花容只顾衰。井梧声刮的我心儿碎。

【行香子】(旦)春香呵,我“楚楚精神,叶叶腰身,能禁多病逡巡!(贴)你星星措与,种种生成,有许多娇,许多的韵,许多情。(旦)咳,咱弄梅心事,那折柳情人,梦淹渐暗老残春。(贴)正好簟炉香午,枕扇风清。知为谁颦,为谁瘦,为谁疼?”(旦)春香,我自春游一梦,卧病如今。不痒不疼,如痴如醉。知他怎生?(贴)小姐,梦儿里事,想他则甚!(旦)你教我怎生不想呵!

【金落索】贪他半晌痴,赚了多情泥。待不思量,怎不思量得?就里暗销肌,怕人知。嗽腔腔嫩喘微。哎哟,我这惯淹煎的样子谁怜惜?自噤窄的春心怎的支?心儿悔,悔当初一觉留春睡。(贴)老夫人替小姐冲喜。(旦)信她冲的个甚喜?到的年时,敢犯杀花园内?

【前腔】(贴)看他春归何处归,春睡何曾睡?气丝儿怎度的长天日?把心儿捧凑眉,病西施。小姐,梦去知他实实谁?病来只送的个虚虚的你。做行云先渴倒在巫阳会。全无谓,把单相思害得忒明昧。又不是困人天气,中酒心期,魆魆地常如醉。病将就甚,怨亦渐真,只是心架空明,无往不妙。好极。

(末上)“日下晒书嫌鸟迹,月中捣药要蟾酥。”我陈最良承公相命,来诊视小姐脉息。到此后堂,不免打叫一声。春香贤弟有么?(贴见介)是陈师父,小姐睡哩。(末)免惊动她。我自进去。(见介)小姐。(旦作惊介)谁?(贴)陈师父哩。(旦扶起介)(旦)师父,我学生患病。久失敬了。(末)学生,学生,古书有云:“学精于勤,荒于嬉。”你因为后花园汤风冒日,感下这疾,荒废书工,我为师的在外,寝食不安。幸喜老公相请来看病。

也不料你清减至此。似这般样，几时能够起来读书？早则端阳节哩。（贴）师父，端节有你的。（末）我说端阳，难道要你粽子？小姐，望闻问切，我且问你病症因何？（贴）师父问什么！只因你讲《毛诗》，这病便是"君子好求"上来的。（末）是哪一位君子？（贴）知他是哪一位君子。（末）这般说，《毛诗》病用《毛诗》去医。那头一卷就有女科圣惠方在哩。（贴）师父，可记的《毛诗》上方儿？（末）便依他处方。小姐害了"君子"的病，用的史君子。《毛诗》："既见君子，云胡不瘳？"这病有了君子抽一抽，就抽好了。（旦羞介）哎也！（贴）还有甚药？（末）酸梅十个。《诗》云："摽有梅，其实七兮"，又说："其实三兮。"三个打七个，是十个。此方单医男女过时思酸之病。（旦叹介）（贴）还有呢？（末）天南星三个。

（贴）可少？（末）再添些。《诗》云："三星在天。"专医男女及时之病。（贴）还有呢？（末）俺看小姐一肚子火，你可抹净一个大马桶，待我用栀子仁、当归，泻下他火来。这也是依方："之子于归，言秣其马。"（贴）师父，这马不同那"其马"。（末）一样髀鞦窟洞下。（旦）好个伤风切药陈先生。（贴）做的按月通经陈妈妈。（旦）师父不可执方，还是诊脉为稳。（末看脉，错按旦手背介）（贴）师父，讨个转手。（末）女人反此背看之，正是王叔和《脉诀》。也罢，顺手看是。（诊脉介）呀，小姐脉息，到这个分际了。

【金索挂梧桐】（末）他人才忒整齐，脉息恁微细。小小香闺，为甚伤憔悴？（起介）春香呵，似他这份春怯夏肌，好扶持。病烦人容易伤秋意。小姐，我去咀药来。（旦叹介）师父，少不得情栽了窍髓针难入，病躲在烟花你药怎知？（泣介）承尊觑，何时何日来看这女颜回？（合）病中身怕的是惊疑。且将息，休烦絮。

（旦）师父且自在。送不得你了。可曾把俺八字推算么？（末）算来要过中秋好。当生只有八个字，起死曾无三世医。（下）（贴）一个道姑走来了。（净上）"不闻弄玉吹箫去，又见嫦娥窃药来。"自家紫阳宫石道姑便是。承杜老夫人呼唤，替小姐禳解。（见贴介）（贴）姑姑为何而来？（净）吾乃紫阳宫石道姑。承夫人命，替小姐禳解。不知害的甚病？（贴）尴尬病。（净）为谁来？（贴）后花园耍来。（净举三指，贴摇头介）（净举五指，贴又摇头介）（净）咳，你说是三是五，与他做主。（贴）你自问他去。（净见旦介）小姐，小姐，道姑稽首哪。（旦作惊介）那里道姑？（净）紫阳宫石道姑。夫人有召，替小姐保禳。闻说小姐在后花园着魅，我不信。

【前腔】（净）你惺惺的怎著迷，设设的浑如魅。（旦作魇语介）我的人哪。（净、贴背介）你听他念念呢呢，作的风风势。是了，身边带有个小符儿。（取旦钗挂小符，作咒介）"赫赫扬扬，日出东方。此符屏却恶梦，辟除不祥。急急如律令敕。"（插钗介）这钗头小篆符，眠坐莫教离。把闲神野梦都回避。（旦醒介）咳，这符敢不中？我那人呵，须不是依花附木廉纤鬼，咱做的弄影团风抹媚痴。（净）再痴时，请个五雷打他。（旦）些儿意，正待携云握雨，你却用掌心雷。拈着便来。（合前）（净）还分明说与，起个三丈高咒幡儿。（旦）待说个甚么子好？

【尾声】依稀则记的个柳和梅。姑姑，你也不索打符桩挂竹枝，则待我冷思量，一星星咒向梦儿里。（贴扶旦下）

（贴）绿惨双蛾不自持，步非烟　（净）道家妆束厌禳时。薛　能
（旦）如今不在花红处，僧怀济　（合）为报东风且莫吹。李　涉

北**【点绛唇】**(净扮李全引众上)世扰膻风,家传杂种。刀兵动,这贼英雄,比不的穿墙洞。

“野马千蹄合一群,眼看江海尽风尘。汉儿学得胡儿语,又替胡儿骂汉人。”自家李全是也。本贯楚州人氏。身有万夫不当之勇。南朝不用,去而为盗。以五百人出没江淮之间,正无归着。所幸大金皇帝,遥封俺为溜金王。央我骚扰淮扬,看机进取。奈我多勇少谋。所喜妻子杨氏娘娘,能使一条梨花枪,万人无敌。夫妻上阵,大有威风。则是娘娘有些吃酸,但是掳的妇人,都要送他帐下。便是军士们,都只畏惧他。正是:“山妻独霸蛇吞象,海贼封王鱼变龙。”

【番卜算】(丑扮杨婆持枪上)百战惹雌雄,血映燕支重。(舞介)一枝枪洒落花风,点点梨花弄。

(见举手介)大王千岁。奴家介胄在身,不拜了。(净)娘娘,你可知大金皇帝,封俺做溜金王?(丑)怎么叫做溜金王?(净)溜者,顺也。(丑)封你何事?(净)央俺骚扰淮扬三年。待俺兵粮齐集,一举渡江,灭了赵宋。那时还封俺为帝哩!(丑)有这等事!恭喜了。借此号令,买马招军。

【六幺令】如雷喧哄,紧辕门画鼓咚咚。哨尖儿飞过海云东。(合)好男女,坐当中,淮扬草木都惊动。

【前腔】聚粮收众。选高蹄战马青骢。闪盔缨斜簇玉钗红。(合前)

(净)群雄竞起向前朝,杜　甫　(丑)折戟沉沙铁未销。杜　牧
平原好牧无人放,曹　唐　白草连天野火烧。王　维

【金珑璁】(贴上)连宵风雨重,多娇多病愁中。仙少效,药无功。"颦有为颦,笑有为笑。不颦不笑,哀哉年少。"春香侍奉小姐,伤春病到深秋。今夕中秋佳节,风雨萧条。小姐病转沉吟,待我扶她消遣。正是:"从来雨打中秋月,更值风摇长命灯。"(下)

【鹊桥仙】(贴扶病旦上)拜月堂空,行云径拥。骨冷怕成秋梦。世间何物似情浓?整一片断魂心痛。(旦)"枕函敲破漏声残,似醉如呆死不难。一段暗香迷夜雨,十分清瘦怯秋寒。"春香,病境沉沉,不知今夕何夕?(贴)八月半了。(旦)哎也,是中秋佳节哩。老爷,奶奶,都为我愁烦,不曾玩赏了?(贴)这都不在话下了。(旦)听见陈师父替我推命,要过中秋。这样不放过。看看病势转沉,今宵欠好。你为我开轩一望,月色如何?(贴开窗,旦望介)

【集贤宾】(旦)海天悠、问冰蟾何处涌?玉杵秋空,凭谁窃药把嫦娥奉?甚西风吹梦无踪!人去难逢,须不是神挑鬼弄。在眉峰,心坎里别是一般疼痛。(旦闷介)

【前腔】(贴)甚春归无端厮和哄,雾和烟两不玲珑。算来人命关天重,会消详、直恁匆匆!为着谁侬,俏样子等闲抛送?待我谎他。姐姐,月上了。月轮空,敢蘸破你一床幽梦。(旦望叹介)"轮时盼节想中秋,人到中秋不自由。奴命不中孤月照,残生今夜雨中休。"

【前腔】(旦)你便好中秋月儿谁受用?剪西风泪雨梧桐。楞生瘦骨加沉重。趱程期是那天外哀鸿。草际寒蛩,撒刺刺纸条窗缝。(旦惊作昏介)冷松松,软兀剌四梢难动。又仍这段衷肠,也是前生三峡。

（贴惊介）小姐冷厥了。夫人有请。（老旦上）“百岁少忧夫主贵，一生多病女儿娇。”我的儿，病体怎生了？（贴）奶奶，欠好，欠好。（老旦）可怎了！

【前腔】不提防你后花园闲梦铳，不分明再不惺松，睡临侵打不起头稍重。（泣介）恨不呵早早乘龙。夜夜孤鸿，活害煞俺翠娟娟雏凤。一场空，是这答里把娘儿命送。

【啭林莺】（旦醒介）甚飞丝缱的阳神动，弄悠扬风马叮咚。（泣介）娘，儿拜谢你了。（拜跌介）从小来觑的千金重，不孝女孝顺无终。娘呵，此乃天之数也。当今生花开一红，愿来生把萱椿再奉。（众泣介）（合）恨西风，一霎无端碎绿摧红。步步取哭。

【前腔】（老旦）并无儿、荡得个娇香种，绕娘前笑眼欢容。但成人索把俺高堂送。恨天涯老运孤穷。儿呵，暂时间月直年空，返将息你这心烦意冗。（合前）（旦）娘，你女儿不幸，作何处置？（老旦）奔你回去也。儿！

【玉莺儿】（旦泣介）旅榇梦魂中，盼家山千万重。工于迸泪，再不管人。（老旦）便远也去。（旦）是不是听女孩儿一言。这后园中一株梅树，儿心所爱。但葬我梅树之下可矣。（老旦）这是怎的来？（旦）做不的病婵娟桂窟里长生，则分的粉骷髅向梅花古洞。（老旦泣介）看她强扶头泪濛，冷淋心汗倾，不如我先她一命无常用。（合）恨苍穹，妒花风雨，偏在月明中。（老旦）还去与爹讲，广做道场也。儿，“银蟾谩捣君臣药，纸马重烧子母钱。”（下）（旦）春香，咱可有回生之日否？

【前腔】（叹介）你生小事依从，我情中你意中。只管迸泪来了。春香，你小心奉事老爷奶奶。（贴）这是当的了。（旦）春香，我记起一事来。我那春容，题诗在上，外观不雅。葬我之后，盛着紫檀匣儿，藏在太湖石底。针线。（贴）这是主何意儿？（旦）有心灵翰墨春容，傥直那人知重。

(贴)姐姐宽心。你如今不幸,孤坟独影。肯将息起来,禀过老爷,但是姓梅姓柳秀才,招选一个,同生同死,可不美哉!(旦)怕等不得了。哎哟,哎哟!(贴)这病根儿怎攻,心上医怎逢?活祸!(旦)春香,我亡后,你常向灵位前叫唤我一声儿。(贴)她一星星说向咱伤情重。(合前)(旦昏介)不好了,不好了,老爷奶奶快来!

【忆莺儿】(外、老旦上)鼓三咚,愁万重。冷雨幽窗灯不红。听侍儿传言女病凶。(贴泣介)我的小姐,小姐!(外、老旦同泣介)我的儿呵,你舍的命终,抛的我途穷。当初只望把爹娘送。(合)恨匆匆,萍踪浪影,风剪了玉芙蓉。(旦作醒介)(外)快苏醒!儿,爹在此。(旦作看外介)哎哟,爹爹扶我中堂去罢。(外)扶你也,儿。(扶介)

【尾声】(旦)怕树头树底不到的五更风,和俺小坟边立断肠碑一统。爹,今夜是中秋。(外)是中秋也,儿。(旦)禁了这一夜雨。(叹介)怎能够月落重生灯再红!(并下)(贴哭上)我的小姐,我的小姐,"天有不测之风云,人有无常之祸福。"我小姐一病伤春死了。痛杀了我家老爷、我家奶奶。列位看官们,怎了也!待我哭她一会。删,删!

【红衲袄】小姐,再不叫咱把领头香心字烧,再不叫咱把剔花灯红泪缴,再不叫咱拈花侧眼调歌鸟,再不叫咱转镜移肩和你点绛桃。想着你夜深深放剪刀,晓清清临画稿。绝妙好辞。绝爱此二语。提起那春容,被老爷看见了,怕奶奶伤情,分付殉了葬罢。俺想小姐临终之言,依旧向湖山石儿靠也,怕等得个拾翠人来把画粉销。老姑姑,你也来了。(净上)你哭得好,我也来帮你。

【前腔】春香姐,再不教你暖朱唇学弄箫。(贴)为此。(净)再不和你荡湘裙闲斗草。(贴)便是。(净)小姐不在,春香姐也松泛多少。(贴)怎见得?(净)再不要你冷温存热絮叨,再不要你夜眠迟、朝起的早。(贴)这也惯了。(净)还有省气的所在。鸡眼睛不用你做嘴儿挑,马子儿不用你随鼻儿倒。（贴啐介）（净）还一件，小姐青春有了，没时间做出些儿也，那老夫人呵，少不的把你后花园打折腰。刻毒！（贴）休胡说！老夫人来也。（老旦哭介）我的亲儿，

【前腔】每日绕娘身有百十遭，并不见你向人前轻一笑。她背熟的班姬《四诫》从头学，不要得孟母三迁把气淘。也愁她软苗条忒恁娇，谁料她病淹煎真不好。（哭介）从今后谁把亲娘叫也，一寸肝肠做了百寸焦。（老旦闷倒，贴惊叫介）老爷，痛煞了奶奶也。快来，快来！（外哭上）我的儿也，呀，原来夫人闷倒在此。

【前腔】夫人，不是你坐孤辰把子宿嚣，则是我坐公堂冤业报。较不似老仓公多女好。撞不着赛卢医她一病跻。天，天，似俺头白中年呵，便做了大家缘何处消？见放着小门楣生拆倒！夫人，你且自保重。便做你寸肠千断了也，则怕女儿呵，她望帝魂归不可招。（丑扮院公上）"人间旧恨惊鸦去，天上新恩喜鹊来。"禀老爷，朝报高升。（外看报介）吏部一本，奉圣旨："金寇南窥，南安知府杜宝，可升安抚使，镇守淮扬。即日起程，不得违误。钦此。"（叹介）夫人，朝旨催人北往，女丧不便西归，院子，请陈斋长讲话。（丑）老相公有请。（末上）"彭殇真一壑，吊贺每同堂。"（见介）（外）陈先生，小女长谢你了。（末哭介）正是。苦伤小姐仙逝，陈最良四顾无门。所喜老公相乔迁，陈最良一发失所。（众哭介）（外）陈先生有事商量。学生奉旨，不得久停。因小女遗言，就葬后园梅树之下，又恐不便后官居住，已分付割取后园，起座梅花庵观，安置小女神位。就着这石道姑焚修看守。那道姑可承应的来？（净跪介）老道婆添香换水。但往来看顾，还得一人。（老旦）就烦陈斋长为便。（末）老夫人有命，情愿效劳。（老旦）老爷，须置些祭田才好。（外）有漏泽院二顷虚田，拨资香火。（末）这漏泽院田，就漏在生员身上。（净）咱号道姑，堪收稻谷。你是陈绝粮，漏不到你。（末）秀才口吃十一方，你是姑姑，我还是孤老，偏不该我收粮？打觑！（外）不消争，陈先生收给。陈先生，我在此数年，优待学校。（末）都知道。便是老公相高升，旧规有诸生遗爱记、生祠碑文，到京伴礼送人为妙。（净）陈绝粮，遗爱记是老爷遗下与令爱作表记

么？（末）是老公相政迹歌谣。什么"令爱"！（净）怎么叫做生祠？（末）大祠宇塑老爷像供养，门上写着"杜公之祠"。（净）这等不如就塑小姐在傍，我普同供养。（外恼介）胡说！但是旧规，我通不用了。

【意不尽】陈先生，老道姑，咱女坟儿三尺暮云高，老夫妻一言相靠。不敢望时时看守，则清明寒食一碗饭儿浇。

（外）魂归冥漠魄归泉，朱　褒　（老）使汝悠悠十八年。曹　唐

（末）一叫一回肠一断，李　白　（合）如今重说恨绵绵。张　籍

【光光乍】(老旦扮僧上)一领破袈裟,香山嶴里巴。多生多宝多菩萨,多多照证光光乍。小僧广州府香山多宝寺一个住持。这寺原是番鬼们建造,以便迎接收宝官员。兹有钦差苗爷任满,祭宝于多宝菩萨位前,不免迎接。

【挂真儿】(净扮苗舜宾,末扮通事,外、贴扮皂卒,丑扮番鬼上)半壁天南开海汉,向真珠窟里排衙。(僧接介)(合)广利神王,善财天女,听梵放海潮音下。(净)"铜柱珠崖道路难,伏波横海旧登坛。越人自贡珊瑚树,汉使何劳獬豸冠?"自家钦差识宝使臣苗舜宾便是。三年任满,例当祭赛多宝菩萨。通事哪里?(末见介)(丑见介)伽喇喇。(老旦见介)(净)叫通事,分付番回献宝。(末)俱已陈设。(净起看宝介)奇哉宝也。真乃磊落山川,精荧日月。多宝寺不虚名矣!看香。(内鸣钟,净礼拜介)

【亭前柳】(净)三宝唱三多,七宝妙无过。庄严成世界,光彩遍娑婆。甚多,功德无边阔。(合)领拜南无,多得宝,宝多罗多罗。(净)和尚,替番回海商,祝赞一番。

【前腔】(老旦)大海宝藏多,船舫遇风波。商人持重宝,险路怕经过。刹那,念彼观音脱。(合前)

【挂真儿】(生上)望长安西日下,偏吾生海角天涯。爱宝的喇嘛,抽珠的佛法,滑琉璃两下难拿。自笑柳梦梅,一贫无赖,弃家而游。幸遇钦差寺中祭宝,托词进见。傥言语中间,可以打动,得其赈援,亦未可知。(见外介)(生)烦大哥通报一声。广州府学生员柳梦梅,来求看宝。(报介)(净)朝廷禁物,哪许人观。既系斯文,权请相见。(见介)(生)"南海开珠殿。(净)西方掩玉门。(生)剖怀俟知己。(净)照乘接贤人。"敢问秀才以何至此?(生)小生贫苦无聊。闻得老大人在此赛宝,愿求一观,以开怀抱。(净笑介)既逢南土之珍,何惜西昆之秘。请试一观。(净引生看宝介)(生)明珠美玉,小生见而知之。其间数种,未委何名?烦老大人一一指教。

【驻云飞】(净)这是**星汉神砂**,这是**煮海金丹**和**铁树花**。少什么**猫眼精光射**,**母碌通明差**。嗏,这是**靺鞨柳金芽**,这是**温凉玉斝**,这是**吸月**的**蟾蜍**,和**阳燧冰盘化**。(生)我广南有明月珠,珊瑚树。(净)**径寸明珠等让它**,便是**几尺珊瑚碎了它**。(生)小生不游大方之门,何因睹此!

【前腔】天地精华,**偏出**在**番回**到**帝子家**。禀问老大人,这宝来路多远?(净)有远三万里的,至少也有一万多程。(生)这般远,可是飞来、走来?(净笑介)哪有飞走而至之理。都因朝廷重价购求,自来贡献。(生叹介)老大人,这宝物蠢而无知,三万里之外,尚然无足而至;生员柳梦梅,满胸奇异,到长安三千里之近,倒无一人购取,有脚不能飞!他**重价高悬下**,那**市舶能奸诈**,嗏,**浪把宝船拃**。(净)疑惑这宝物欠真么?(生)老大人,便是真,饥不可食,寒不可衣,看他似**虚舟飘瓦**。(净)依秀才说,何为真宝?(生)不欺,小生倒是个真正献世宝。捎带。我若**载宝而朝**,**世上应无价**。(净笑介)则怕朝廷之上,这样献世宝也多着。(生)**但**献宝龙宫笑杀他,**便斗宝临潼**也**赛得他**。(净)这等便好献与圣天子了。(生)寒儒薄相,要伺候官府,尚不能够,怎见的圣天子?(净)你不知倒是圣天子好见。(生)则三千里路资难处。(净)一发不难。古人黄金赠壮士,我将衙门常例银两,助君远行。(生)果尔,小生无父母妻子之累,就此拜辞。(净)左右,取书仪,看酒。(丑上)"广南爱吃荔枝酒,直北偏飞榆荚钱。"酒到,书仪在此。稳帖。(净)路费先生收下。(生)谢了。(净送酒介)

【三学士】你带**微醺走出**这**香山罅**,向**长安有路荣华**。(生)**无过献宝当今驾**,**撒去收来再似他**。(合)骤金**鞭及早**把**荷衣挂**,**望归来**

锦上花。

【前腔】(生)则怕呵,重瞳有眼苍天瞎,似波斯赏鉴无差。(净)由来宝色无真假,只在淘金的会拣沙。(合前)(生)告行了。

【尾声】你赠壮士黄金气色佳。(净)一杯酒酸寒奋发,则愿的你呵,宝气冲天海上槎。

(生)乌纱巾上是青天,司空图 (净)俊骨英才气俨然。刘长卿
(生)闻道金门堪济美,张南史 (净)临行赠汝绕朝鞭。李 白

端甫

【捣练子】(生伞、袱,病容上)人出路,鸟离巢。(内风声介)搅天风雪梦牢骚。这几日精神寒冻倒。"香山嶴里打包来,三水船儿到岸开。要寄乡心值寒岁,岭南南上半枝梅。"我柳梦梅。秋风拜别中郎,因循亲友辞饯。离船过岭,早是暮冬。不提防岭北风严,感了寒疾,又无扫兴而回之理。一天风雪,望见南安。好苦也!

【山坡羊】树槎牙饿鸢惊叫,岭迢遥病魂孤吊。破头巾雹打风筛,透衣单伞做张儿哨。路斜抄,急没个店儿捎。雪儿呵,偏则把白面书生奚落。怎生冰凌断桥,步高低蹬着。好了,有一株柳,酬将过去。方便处柳跎腰。(扶柳过介)虚嚣,尽枯杨命一条。蹊跷,滑喇沙跌一交。(跌介)

【步步娇】(末上)俺是个卧雪先生没烦恼。背上驴儿笑,心知第五桥。哪里开年有斋村学!(生作哎呀介)(末)怎生来人怨语声高?(看介)呀,甚城南破瓦窑,闪下个精寒料。(生)救人,救人!(末)我陈最良,为求馆冲寒到此。彩头儿恰遇著掉水之人,且由他去。(生又叫介)救人!(末)听说救人,哪里不是积福处?俺试问他。(问介)你是何等之人,失脚在此?(生)俺是读书之人。(末)委是读书之人,待俺扶起你来(末扶生,相跌,诨介)(末)请问何方至此?

【风入松】(生)五羊城一叶过南韶,柳梦梅来献宝。(末)有何宝货,(生)我孤身取试长安道,犯严寒少衾单病了。没揣的逗着断桥溪道,险跌折柳郎腰。(末)你自揣高中的,方可去受这等辛苦。(生)不瞒说,小生是个擎天柱,架海梁。(末笑介)却怎生冻折了擎天柱,扑倒了紫金粱？这也罢了，老夫颇谙医理。边近有梅花观，权将息度岁而行。

【前腔】（末）尾生般抱柱正题桥，做倒地文星佳兆。论草包似俺堪调药，暂将息梅花观好。捎带。（生）此去多远？（末指介）看一树雪垂垂如笑，墙直上绣幡飘。针线一过冷然。（生）这等望先生引进。

（生）三十无家作路人，薛　据　（末）与君相见即相亲。王　维

（生）华阳洞里仙坛上，白居易　（合）似近东风别有因。罗　隐

第二十三出 冥判

《会真记》以惠明取雄，此以《冥判》发想，而闳纵过其万倍。

北【点绛唇】（净扮判官，丑扮鬼持笔、簿上）十地宣差，一天封拜。阎浮界，阳世栽埋，又把俺这里门桯迈。自家十地阎罗王殿下一个胡判官是也。原有十位殿下，因阳世赵大郎家，和金达子争占江山，损折众生，十停去了一停，因此玉皇上帝，照见人民稀少，钦奉裁减事例。九州九个殿下，单减了俺十殿下之位，印无归着。玉帝可怜见下官正直聪明，着权管十地狱印信。今日走马到任，鬼卒夜叉，两旁刀剑，非同容易也。（丑捧笔介）新官到任，都要这笔判刑名，押花字。请新官喝采他一番。（净看笔介）鬼使，捧了这笔，好不干系也。

【混江龙】这笔架在那落迦山外，肉莲花高耸案前排。一幅横披挂下，用水墨大斧劈皴。捧的是功曹令史，识字当该。（丑）笔管儿？（净）笔管儿，是手想骨、脚想骨，竹筒般剉的圆滴溜。（丑）笔毫？（净）笔毫呵，是牛头须、夜叉发，铁丝儿揉定赤支毸。（丑）判爷上的选哩？（净）这笔头公，是遮须国选的人才。（丑）有甚名号？（净）这管城子，在夜郎城受了封拜。（丑）判爷兴哩？（净作笑舞介）啸一声，支兀另汉钟馗其冠不正。舞一回，疏喇沙斗河魁近墨者黑。（丑）喜哩？（净）喜时节，渿何桥题笔儿耍去。（丑）闷呵？（净）闷时节，鬼门关投笔归来。（丑）判爷可上榜来？（净）俺也曾考神祇，朔望旦名题天榜。（丑）可会书来？（净）摄星辰、井鬼宿，俺可也文会书斋。（丑）判爷高才。（净）做弗迭鬼仙才，白玉楼摩空作赋；陪得过风月主，芙蓉城遇晚书怀，便写不尽四大洲转轮日月，也差的着五瘟使号令风雷。（丑）判爷见有地分？（净）有地分，则合北斗司、阎浮殿，立俺边傍；没衙门，却怎生东岳观、城隍庙，也塑人左侧。（丑）让谁？（净）便百里城高捧手，让大菩萨，好相庄严乘坐位。（丑）恼谁？（净）怎三尺土，低分气，对小鬼卒，清奇古怪立基阶。（丑）纱帽古气些。（净）但站脚，一管笔、一本簿，尘泥轩冕。（丑）笔干了。（净）要润笔，十锭金、十贯钞，纸陌钱财。（丑）点鬼簿在此。（净）则见没掂三展花分鱼尾册，无赏一挂日子虎头牌。真乃是鬼董狐落了款，《春秋传》某年某月某日下，崩薨葬卒大注脚。假如他支祈兽上了样，把禹王鼎各山各水各路上，魍魉魑魅细分腮。（丑）待俺磨墨。（净）看他子时砚，乞乞察察，乌龙蘸眼显精神。（丑）鸡唱了。（净）听丁字牌，冬冬登登，金鸡剪梦追魂魄。（丑）禀爷点卷。（净）但点上格子眼，串出四万八千三界，有漏人名，乌星炮粲。怎按下笔尖头，插入一百四十二重无间地狱，铁树花开。（丑）大押花。（净）哎也，押花字，止不过发落簿锉、烧、舂磨一灵儿。（丑）少一个请字。（净）登请书，左则是那虚无堂，瘫、痨、蛊、膈四正客。（丑）吊起称竿来。（众卒应介）（净）发称竿，看业重身轻，衡石程书秦狱吏。以下天风海涛，收帆不住。（内作"哎哟"，叫"饶也，苦也"介）（丑）隔壁九殿下拷鬼。（净）肉鼓吹，听神啼鬼哭，毛钳刀笔汉乔才。这时节呵，你便是没关节包待制、"人压其笑"。（内哭介）恁风景，谁听的无棺椁颜修文、"子哭之哀"！（丑）判爷害怕哩。（净恼介）哎，《楼炭经》，是俺六科五判。刀花树，是俺九棘三槐。脸娄搜风髯赳赳。眉剔竖电目崖崖。少不得中书鬼考，录事神差。比着阳世那金州判、银府判、铜司判、铁院判，白虎临官，一样价打贴刑名催伍作；实则俺阴府里注湿生，牒化生，准胎生，照卵生，青蝇报赦，十分的磊齐功德转三阶。威凛凛人间掌命，颤巍巍天上消灾。

叫掌案的，这簿上开除都也明白。还有几宗人犯，应该发落了？（贴扮吏上）"人间勾令史，地下列功曹。"禀爷，因缺了殿下，地狱空虚三年。则有枉死城中轻罪男子四名，赵大、钱十五、孙心、李猴儿；女囚一名，杜丽娘：未经发落。（净）先取男犯四名。（生、末、外、老旦扮四犯，丑押上）（丑）男犯带到。（净点名介）赵大有何罪业，脱在枉死城？（生）鬼犯没甚罪。生前喜歌唱些。（净）一边去。叫钱十五。（末）鬼犯无罪。则是做了

端甫

一个小小房儿，沉香泥壁。（净）一边去。叫孙心。（老旦）鬼犯些小年纪，好使些花粉钱。（净）叫李猴儿。（外）鬼犯是有些罪，好男风。（丑）是真。便在地狱里，还勾上这小孙儿。（净恼介）谁叫你插嘴！起去伺候。（做写簿介）叫鬼犯听发落。（四犯同跪介）（净）俺初权印，且不用刑。赦你们卵生去罢。（外）鬼犯们禀问恩爷，这个卵是甚么卵？若是回回卵，又生在边方去了。骂。（净）哇！还想人身？向蛋壳里走去。（四犯泣介）哎。被人宰了！（净）也罢，不教阳间宰吃你。赵大喜歌唱，贬做黄莺儿。（生）好了。做莺莺小姐去。（净）钱十五住香泥房子。也罢，准你去燕巢里受用，做个小小燕儿。（末）恰好做飞燕娘娘哩。（净）孙心使花粉钱，做个蝴蝶儿。（外）鬼犯便和孙心同做蝴蝶去。（净）你是那好男风的李猴儿，着你做蜜蜂儿去，屁窟里长拖一个针。（外）哎哟，叫俺钉谁去？此与对策同想，只是顾题不放。（净）四位虫儿听分付：“位”字当改“个”字。

【油葫芦】蝴蝶呵，你粉版花衣胜剪裁；蜂儿呵，你忒厉害，甜口儿咋着细腰捱；燕儿呵，斩香泥弄影钩帘内；莺儿呵，溜笙歌警梦纱窗外：恰好个花间四友无拘碍。则阳世里孩子们轻薄，怕弹珠儿打的呆，扇梢儿扑的坏，不枉了你宜题入画高人爱，则教你翅膀儿展将春色闹场来。（外）俺做蜂儿的不来，再来钉肿你个判官脑。（净）讨打。（外）可怜见小性命。（净）罢了。顺风儿放去，快走快走。（净噀气介）（四人做各色飞下）（净做向鬼门嘘气吷声介）（丑带旦上）“天台有路难逢俺，地狱无情欲恨谁？”女鬼见。（净抬头背介）这女鬼倒有几分颜色！

【天下乐】猛见了荡地惊天女俊才，咍也么咍，来俺里来。（旦叫苦介）（净）血盆中叫苦观自在。（丑耳语介）判爷权收做个后房夫人。（净）哇，有天条，擅用囚妇者斩。用补之梅谱。则你那小鬼头胡乱筛，俺判官头何处买？（旦叫哎介）（净回身）是不曾见她粉油头忒弄色。叫那女鬼上来。

【那吒令】瞧了你润风风粉腮，到花台、酒台？溜些些短钗，过歌台、舞台？笑微微美怀，住秦台、楚台？因甚的病患来？是谁家嫡支派？这颜色不像似在泉台。(旦)女囚不曾过人家,也不曾饮酒,是这般颜色。则为在南安府后花园梅树之下,梦见一秀才,折柳一枝,要奴题咏。留连婉转,甚是多情。梦醒来沉吟,题诗一首:“他年若傍蟾宫客,不是梅边是柳边。”为此感伤,坏了一命。(净)谎也。世有一梦而亡之理？

【鹊踏枝】一溜溜女婴孩,梦儿里能宁耐！谁曾挂圆梦招牌,谁和你拆字道白？哈也么哈,那秀才何在？梦魂中曾见谁来？(旦)不曾见谁。则见朵花儿闪下来,好一惊。(净)唤取南安府后花园花神勘问。(丑叫介)(末扮花神上)“红雨数番春落魄,《山香》一曲女销魂。”老判大人请了。(举手介)(净)花神,这女鬼说是后花园一梦,为花飞惊闪而亡。可是？(末)是也。他与秀才梦的绵缠,偶而落花惊醒,这女子慕色而亡。(净)敢便是你花神假充秀才,迷误人家女子？(末)你说俺着甚迷他来？(净)你说俺阴司里不知道呵！信口恣情,不必尽确,总之,英雄欺人。

【后庭花滚】但寻常春自在,恁司花忒弄乖。眨眼儿偷元气、艳楼台。克性子费春工、淹酒债。恰好九分态,你要做十分颜色。数着你那胡弄的花色儿来。(末)我便数来。碧桃花。(净)他惹天台。(末)红梨花。(净)扇妖怪。(末)金钱花。(净)下的财。(末)绣球花。(净)结得彩。(末)芍药花。(净)心事谐。(末)木笔花。(净)写明白。(末)水菱花。(净)宜镜台。(末)玉簪花。(净)堪插戴。(末)蔷薇花。(净)露渲腮。(末)腊梅花。(净)春点额。(末)剪春花。(净)罗袂裁。(末)水仙花。(净)把绫袜踹。(末)灯笼花。(净)红影筛。(末)酴醾花。(净)春醉态。(末)金盏花。(净)做合卺杯。(末)锦带花。(净)做裙褶带。(末)合欢花。(净)头懒抬。(末)杨柳花。(净)腰恁摆。(末)凌霄花。(净)阳壮的哈。(末)辣椒花。(净)把阴热窄。(末)含笑花。(净)情要来。(末)红葵花。(净)日得他爱。(末)女萝花。(净)缠的歪。(末)紫薇花。(净)痒的怪。(末)宜男花。(净)人美怀。(末)丁香花。(净)结半蹦。(末)豆蔻花。(净)含着胎。(末)奶子花。(净)摸着奶。(末)栀子花。(净)知趣乖。(末)柰

子花。（净）恣情奈。（末）枳壳花。（净）好处揩。（末）海棠花。（净）春困怠。（末）孩儿花。（净）呆笑孩。（末）姊妹花。（净）偏妒色。（末）水红花。（净）了不开。（末）瑞香花。（净）谁要采。（末）旱莲花。（净）怜再来。（末）石榴花。（净）可留得在？几椿儿你自猜。哎，把天公无计策。你道为甚么流动了女裙衩，划地里牡丹亭又把他杜鹃花魂魄洒？（末）这花色花样，都是天公定下来的。小神不过遵奉钦依，岂有故意勾人之理？且看多少女色，哪有玩花而亡。（净）你说自来女色，没有玩花而亡。数你听着。

【寄生草】花把青春卖，花生锦绣灾。有一个夜舒莲，扯不住留仙带；一个海棠丝，剪不断香囊怪；一个瑞香风赶不上非烟在。你道花容哪个玩花亡？可不道你这花神罪业随花败。（末）花神知罪，今后再不开花了。（净）花神，俺这里已发落过花间四友，付你收管，这女囚慕色而亡，也贬在燕莺队里去罢。（末）禀老判，此女犯乃梦中之罪，如晓风残月。且他父亲为官清正，单生一女，可以耽饶。（净）父亲是何人？（旦）父亲杜宝知府，今升淮扬总制之职。（净）千金小姐哩。也罢，杜老先生分上，当奏过天庭，再行议处。（旦）就烦恩官替女犯查查，怎生有此伤感之事？才得人身，就来了。（净）这事情注在断肠簿上。（旦）劳再查女犯的丈夫，还是姓柳姓梅？（净）取婚姻簿查来。（作背查介）是。有个柳梦梅，乃新科状元也。妻杜丽娘，前系幽欢，后成明配。相会在红梅观中。不可泄漏。（回介）有此人和你姻缘之分。我今放你出了枉死城，随风游戏，跟寻此人。都从庄、列幻接。（末）杜小姐，拜了老判。（旦叩头介）拜谢恩官，重生父母。则俺那爹娘在扬州，可能勾一见？（净）使得。少不得这段。

【幺篇】她阳禄还长在，阴司数未该。禁烟花一种春无赖，近柳梅一处情无外。望椿萱一带天无碍。则这水玻璃，堆起望乡台，可哨见纸铜钱，夜市扬州界？取痛。花神，可引她望乡台随意观玩。（旦随末登台，望扬州哭介）那是扬州，俺爹爹奶奶呵，待飞将去。（末扯住介）还不是你去的时节。（净）下来听分付。功曹给一纸游魂路引去，花神休坏了她的肉身也。(旦)谢恩官。

【赚尾】(净)欲火近干柴,且留的青山在,不可被雨打风吹日晒。则许你傍月依星将天地拜,一任你魂魄来回。脱了狱省的勾牌,接着活免的投胎。那花间四友你差排,叫莺窥燕猜,倩蜂媒蝶采,敢守的那破棺星圆梦那人来。就用本色。(净下)(末)小姐回后花园去来。

(末)醉斜乌帽发如丝,许　浑　(旦)尽日灵风不满旗。李商隐

(净)年年检点人间事,罗　邺　(合)为待萧何作判司。元　稹

【金珑璁】(生上)惊春谁似我?客途中都不问其他。风吹绽蒲桃褐,雨淋殷杏子罗。今日晴和,晒衾单,兀自有残云涴。"脉脉梨花春院香,一年愁事费商量。不知柳思能多少?打叠腰肢斗沈郎。"小生卧病梅花观中,喜得陈友知医,调理痊可。则这几日间春怀郁闷,何处忘忧?早是老姑姑到也。

【一落索】(净上)无奈女冠何,识的书生破。知他何处梦儿多?每日价欠伸千个。秀才安稳!(生)日来病患较些,闷坐不过,偌大梅花观,少甚园亭消遣。(净)此后有花园一座,虽然亭榭荒芜,颇有闲花点缀。则留散闷,不许伤心。(生)怎的得伤心也!(净作叹介)是这般说。你自去游便了。从西廊转画墙而去,百步之外,便是篱门。三里之遥,都为池馆。你尽情玩赏,竟日消停,不索老身陪去也。"名园随客到,幽恨少人知"。(下)(生)既有后花园,就此迤逦而去。(行介)这是西廊下了。(行介)好个葱翠的篱门,倒了半架。(叹介)[集唐]"凭栏仍是玉栏干王初,四面墙垣不忍看张隐。想得当时好风月韦庄,万条烟罩一时干李山甫。"(到介)呀,偌大一个园子也。棒棒打来。

【好事近】则见风月暗消磨,画墙西正南侧左。(跌介)苍苔滑擦,倚逗着断垣低垛,因何蝴蝶门儿落合?原来以前游客颇盛,题名在竹林之上。客来过,年月偏多,刻画尽琅玕千个。咳,早则是寒花绕砌,荒草成窠。怪哉,一个梅花观,女冠之流,怎起的这座大园子?好疑惑也。便是这湾流水呵!仿佛照会不尽用。

【锦缠道】门儿锁,放着这武陵源一座。恁好处教颓堕!断烟中见水阁摧残,画船抛躲,冷秋千尚挂下裙拖。又不是曾经兵火,似这般狼藉呵,敢断肠人远、伤心事多?待不关情么,恰湖山石畔留着你打磨陀。好一座山子哩。(窥介)呀,就里一个小匣儿。待把左侧一峰靠着,看是何物?(作石倒介)呀,是个檀香匣儿。(开匣看画介)呀,一幅观世音喜相。善哉,善哉!待小生捧到书馆,顶礼供养,强如埋在此中。

【千秋岁】(捧匣回介)小嵯峨,压的旃檀合,便做了好相观音俏楼阁。片石峰前,那片石峰前,多则是飞来石,三生因果。请将去炉烟上过,头纳地,添灯火,照的她慈悲我。俺这里尽情供养,她于意云何?(到介)到了观中,且安置阁儿上,择日展礼。(净上)柳相公多早了!

【尾声】(生)姑姑,一生为客恨情多,过冷澹园林日午矬。老姑姑,你道不许伤心,你为俺再寻一个定不伤心何处可。

(生)僻居虽爱近林泉,伍　乔　(净)早是伤春梦雨天。

(生)何处邈将归画府?谭用之　(合)三峰花半碧堂悬。钱　起

【玩仙灯】（贴上）睹物怀人，人去物华销尽。道的个“仙果难成，名花易陨”。（叹介）恨兰昌殉葬无因，收拾起烛灰香烬。自家杜府春香是也。跟随公相夫人到扬州。小姐去世，将次三年，俺看老夫人哪一日不作念，哪一日不悲啼。纵然老公相暂时宽解，怎散真愁？莫说老夫人，便是俺春香想起小姐平常恩养，病里言词，好不伤心也。今乃小姐生忌之辰，老夫人分付香灯，遥望南安浇奠。早已安排。夫人，有请。照会。

【前腔】（老旦上）地老天昏，没处把老娘安顿。思量起举目无亲，招魂有尽。（哭介）我的丽娘儿也！在天涯老命难存，割断的肝肠寸寸。【苏幕遮】“岭云沉，关树杳。（贴）春思无凭，断送人年少。（老旦）子母千回肠断绕。绣夹书囊，尚带余香袅。（贴）瑞烟清，银烛皎。（老旦）绣佛灵辰，血泪风前祷。（哭介）（合）万里招魂魂可到？则愿的人天净处超生早。”（老旦）春香，自从小姐亡过，俺皮骨空存，肝肠痛尽。但见她读残书本，绣罢花枝，断粉零香，余簪弃履，触处无非泪眼，见之总是伤心。算来一去三年，又是生辰之日。心香奉佛，泪烛浇天。分付安排，想已齐备。（贴）夫人，就此望空顶礼。（老旦拜介）[集唐]“微香冉冉泪涓涓李商隐，酒滴灰香似去年陆龟蒙。四尺孤坟何处是许浑？南方归去再生天沈全期。”杜安抚之妻甄氏，敬为亡女生辰，顶礼佛爷。愿得杜丽娘皈依佛力，早早生天。（起介）春香，祷告了佛爷，不免将此茶饭，浇奠小姐。

【香罗带】（老旦）丽娘何处坟？问天难问。梦中相见得眼儿昏，则听的叫娘的声和韵也，惊跳起，猛回身，则见阴风几阵残灯晕。（哭介）俺的丽娘人儿也，你怎抛下的万里无儿白发亲！

【前腔】(贴拜介)名香叩玉真,受恩无尽,赏春香还是你旧罗裙。(起介)小姐临去之时,分付春香,长叫唤一声。今日叫她,“小姐,小姐呵”,叫的一声声小姐可曾闻也?(老旦、贴哭介)(合)想她那情切,那伤神,恨天天生割断俺娘儿直恁忍!(贴回介)俺的小姐人儿也,你可还向旧宅里重生何处身?(贴跪介)禀老夫人,人到中年,不堪哀毁。小姐难以生易死,夫人无以死伤生。且自调养尊年,与老相公同享富贵。(老旦哭介)春香,你可知老相公年来因少男儿,常有娶小之意?止因小姐承欢膝下,百事因循。如今小姐丧亡,家门无托。俺与老相公闷怀相对,何以为情?天呵!魂催老泪。(贴)老夫人,春香愚不谏贤,依夫人所言,既然老相公有娶小之意,不如顺他,收下一房,生子为便。(老旦)春香,你见人家庶出之子,可如亲生?(贴)春香但蒙夫人收养,尚且非亲是亲,补漏。夫人肯将庶出看成,岂不无子有子?(老旦)好话,好话。

(老)曾伴残蛾到女儿,徐　凝　(贴)白杨今日几人悲。杜　甫
(老)须知此恨消难得,温庭筠　(合)泪滴寒塘蕙草时。廉　氏

抽尽电丝，独挥月斧，从无讨有，从空挨实，无一字不笑啼，《寻梦》、《玩真》是《牡丹》心肾坎离之会，而《玩真》悬凿步虚，几于盗神泄气，更觉真宰难为。

（生上）“芭蕉叶上雨难留，芍药梢头风欲收。画意无明偏着眼，春光有路暗抬头。”小生客中孤闷，闲游后园，湖山之下，拾得一轴小画，似是观音大士，宝匣庄严。风雨淹旬，未能展视。且喜今日晴和，瞻礼一会。（开匣，展画介）

【黄莺儿】秋影挂银河，展天身，自在波。诸般好相能停妥。她真身在补陀，咱海南人遇她。（想介）甚威光不上莲花座？再延俄，怎湘裙直下一对小凌波？是观音，怎一对小脚儿？待俺端详一会。

【二郎神慢】些儿个，画图中影儿则度。着了，敢谁书馆中吊下幅小嫦娥，画的这偒停倭妥。是嫦娥，一发该顶戴了。问嫦娥折桂人有我？可是嫦娥，怎影儿外没半朵祥云托？树皴儿又不似桂丛花琐？不是观音，又不是嫦娥，人间哪得有此？成惊愕，似曾相识，向俺心头摸。待俺瞧，是画工临的，还是美人自手描的？字字逼真。

【莺啼序】问丹青何处娇娥，片月影光生豪末？似恁般一个人影儿，早见了百花底躲。总天然意态难模，谁近得把春云淡破？想来画工怎能到此！多敢他自己能描绘脱。入自画处，尚可推敲。且住，细观他帧首之上，小字数行。（看介）呀，原来绝句一首。（念介）“近睹分明似俨然，远观自在若飞仙。他年得傍蟾宫客，不在梅边在柳边。”呀，此乃人间女子行乐图也。何言“不在梅边在柳边”？奇哉怪事哩！

【集贤宾】望关山梅岭天一抹，怎知俺柳梦梅过？得傍蟾宫知怎么？待喜呵，端详停和，俺姓名儿直么费嫦娥定夺？打磨诃，敢则是梦魂中真个。好不回盼小生！

【黄莺儿】空影落纤娥，动春蕉，散绮罗。春心只在眉间锁，春山翠拖，春山翠拖，春烟淡和。相看四目谁轻可！恁横波，来回顾影不住的眼儿睃。却怎半枝青梅在手，活似提掇小生一般？从受想行识构词，如何不高妙。

【啼莺序】他青梅在手诗细哦，逗春心一点蹉跎。小生待画饼充饥，小姐似望梅止渴。妙合。小姐，小姐，未曾开半点幺荷，含笑处朱唇淡抹，韵情多。如愁欲语，只少口气儿呵。小娘子画似崔徽，诗如苏蕙，行书逼真卫夫人。小子虽则典雅，怎到得这小娘子！蓦地相逢，不免步韵一首。（题介）"丹青妙处却天然，不是天仙即地仙。欲傍蟾宫人近远，恰些春在柳梅边。"

【簇御林】他能绰斡，会写作。秀入江山人唱和。待小生狠狠叫她几声："美人，美人！姐姐，姐姐！"向真真啼血你知么？叫的你喷嚏似天花唾。动凌波，盈盈欲下——不见影儿那。妙，妙！咳，俺孤单在此，少不得将小娘子画像，早晚玩之、拜之、叫之、赞之。活冤家也。

【尾声】拾的个人儿先庆贺，敢柳和梅有些瓜葛？小姐、小姐，则被你有影无形看杀我。

不须一向恨丹青，白居易　堪把长悬在户庭。伍　乔
惆怅题诗柳中隐，司空图　添成春醉转难醒。章　碣

【挂真儿】(净扮石道姑上)台殿重重春色上,碧雕阑映带银塘。扑地香腾,归天磬响。细展度人经藏。[集唐]"几年红粉委黄泥雍裕之,十二峰头月欲低李涉。折得玫瑰花一朵李建勋,东风吹上窈娘堤罗虬。"俺老道姑看守杜小姐坟庵,三年之上。择取吉日,替他开设道场,超生玉界。早已门外竖立招幡,看有何人来到。

【太平令】(贴扮小道姑,丑扮徒弟上)岭路江乡,一片彩云扶月上。羽衣青鸟闲来往。(丑)天晚,梅花观歇了罢。(贴)南枝外有鹊炉香。小道姑乃韶阳郡碧云庵主是也,游方到此。见他庄严幡引,标示道场,恰好登坛,共成好事。(见介)[集唐](贴)"大罗天上柳烟含鱼玄机,(净)你毛节朱幡倚石龛王维。(贴)见向溪山求住处韩愈,(净)好哩,你半垂檀袖学通参女光。"小姑姑从何而至?(贴)从韶阳郡来,暂此借宿。(净)东头房儿,有个岭南柳相公养病。则下厢房可矣。(贴)多谢了。敢问今夕道场,为何而设?(净叹介)则为"杜衙小姐去三年,待与招魂上九天"。(贴)这等呵!"清醮坛场今夜好,敢将香火助真仙。"(净)这等却好。(内鸣钟鼓介)(众)请老师父拈香。(净)南斗注生真妃,东岳受生夫人殿下。(拈香拜介)

【孝南歌】钻新火,点妙香。虔诚为因杜丽娘。(众拜介)香霭绣幡幢,细乐风微扬。仙真呵,威光无量,把一点香魂,早度人天上。怕未尽凡心,她再作人身想。做儿郎,做女郎,愿她永成双。再休似少年亡。妙!(净)想起小姐生前爱花而亡,今日折得残梅,安在净瓶供养。只是一丝袅娜。(拜神主介)

【前腔】瓶儿净,春冻阳。残梅半枝红蜡装。小姐呵!你香梦与谁

行？精神忒孤往！自是文口。（众）老师兄，你说净瓶像什么，残梅像什么？（净）这瓶儿空相，世界包藏。身似残梅样，有水无根，尚作余香想。（众）小姐，你受此供呵，教你肌骨凉，魂魄香。肯回阳，再住这梅花帐？（内风响介）（净）奇哉，冷窣窣一阵风打旋也。（内鸣钟介）（众）这晚斋时分，且吃了斋，收拾道场。正是："晓镜抛残无定色，晚钟敲断步虚声。"（众下）

【水红花】（魂旦作鬼声，掩袖上）则下得望乡台如梦悄魂灵，夜荧荧、墓门人静。（内犬吠，旦惊介）原来是赚花荫小犬吠春星。冷冥冥，梨花春影。字字玉贵。呀，转过牡丹亭、芍药阑，都荒废尽。爹娘去了三年也。（泣介）伤感煞断垣荒迳。望中何处也鬼灯青。（听介）兀的有人声也啰。**【添字昭君怨】**"昔日千金小姐，今日水流花谢。这淹淹惜惜杜陵花，太亏她。　生性独行无那，此夜星前一个。生生死死为情多。奈情何！"高才！奴家杜丽娘女魂是也。只为痴情慕色，一梦而亡。凑的十地阎君奉旨裁革，无人发遣，女监三年。喜遇老判，哀怜放假。趁此月明风细，随喜一番。呀，这是书斋后园，怎做了梅花庵观？好伤感人也。

【小桃红】咱一似断肠人和梦醉初醒。谁偿咱残生命也。虽则鬼丛中姊妹不同行，窣地的把罗衣整。这影随形，风沈露，云暗斗，月勾星，都是我魂游境也。到的这花影初更。闳肆。（内作丁冬声，旦惊介）一霎价心儿瘆，原来是弄风铃台殿咚叮。好一阵香也。

【下山虎】我则见香烟隐隐，灯火荧荧。呀，铺了些云霞幡，不由人打个咗挣。是哪位神灵，原来是东岳夫人，南斗真妃。（作稽首介）仙真仙真，杜丽娘鬼魂稽首。魆魆地投明证明，好替俺朗朗的超生注生。再看这青词上，原来就是石道姑在此住持。一坛斋意，度俺生天。道姑、道姑，我可乜生受你呵。再瞧这净瓶中，咳，便是俺那冢上残梅哩。梅花呵，似俺杜丽娘半开而谢，好伤情也。则为这断鼓零钟金字经，叩动俺黄梁境。俺向这地坼里梅根迸几程，透出些儿影。（泣介）姑姑们这般至诚，若不留些踪影，怎显的俺鉴知她，就将梅花散在经台之上。（撒花介）抵什么一点香销万点情。想起爹娘何处，春香何处也？呀，那边厢有沉吟叫唤之声，听怎来？（内叫介）俺的姐姐呵！俺的美人呵！（旦惊介）谁叫谁也？再听。（内又叫介）（旦叹介）

【醉归迟】生和死，孤寒命。有情人叫不出情人应。为什么不唱出你可人名姓？似俺孤魂独趁，待谁来叫唤俺一声。不分明，无倒断，再消停。（内又叫介）（旦）咳，敢边厢甚么书生，睡梦里语言胡呓？蜕演处如笋层渐渐。

【黑蟆令】不由俺无情有情，凑着叫的人三声两声，冷惺忪红泪飘零。呀，怕不是梦人儿梅卿柳卿？俺记着这花亭水亭，趁的这风清月清。则这鬼宿前程，盼得上三星四星？待即行寻趁，奈斗转参横，不敢久停呵！

【尾声】（旦）为什么闪摇摇春殿灯？（内叫介）殿上响动。（丑虚上望介）（又作风起介）（旦）一弄儿绣幡飘迥，则这几点落花风是俺杜丽娘身后影。（旦作鬼声下）忽一截住。作文知此则茅劲不乱。（丑打照面，惊叫介）师父们，快来，快来！（净、贴惊上）怎生大惊小怪？（丑）则这灯影荧煌，躲着瞧时，见一位女神仙，袖拂花幡，一闪而去。怕也，怕也！（净）怎生模样？（丑打手势介）这多高，这多大，俊脸儿，翠翘金凤，红裙绿袄，环珮玎珰，敢是真仙下降？（净）咳，这便是杜小姐生时样子。敢是她有灵活现。（贴）呀，你看经台之上，乱糁梅花，奇也，异也！大家再祝赞她一番。

【忆多娇】（众）风灭了香，月到廊。闪闪尸尸魂影儿凉。花落在春宵情易伤，愿你早度天堂，早度天堂，免留滞他乡故乡。（贴）敢问杜小姐为何病亡？以何缘故而来出现？妙在不说，为下案。

【尾声】(净)休惊恍，免问当。收拾起乐器经堂。你听波，兀的冷窣窣珮环风还在回廊那边响。

(净)心知不敢辄形相，曹 唐 (贴)欲话因缘恐断肠。天竺牧童

(丑)若使春风会人意，罗 邺 (合)也应知有杜兰香。罗 虬

【夜行船】(生上)瞥下天仙何处也?影空濛似月笼纱。有恨徘徊,无言窨约。早是夕阳西下。“一片红云下太清,如花巧笑玉娉婷。凭谁画出生香面?对俺偏含不语情。”小生自遇春容,日夜想念。这更阑时节,破些工夫,吟其珠玉,玩其精神。倘然梦里相亲,也当春风一度。(展画玩介)呀,你看美人呵,神含欲语,眼注微波。真乃“落霞与孤鹜齐飞,秋水共长天一色。”

【香遍满】晚风吹下,武陵溪边一缕霞,出落个人儿风韵杀。净无瑕,明窗新绛纱。丹青小画叉,把一幅肝肠挂。小姐,小姐,则被你想杀俺也。

【懒画眉】轻轻怯怯一个女娇娃,楚楚臻臻像个宰相衙。想她春心无那对菱花,含情自把春容画,可想到有个拾翠人儿也逗着她?

【二犯梧桐树】他飞来似月华,俺拾的愁天大。常时夜夜对月而眠,这几夜呵,幽佳,婵娟隐映的光辉杀。教俺迷留没乱的心嘈杂,无夜无明快着她。若不为擎奇怕涴的丹青亚,待抱着你影儿横榻。想来小生定是有缘也。再将她诗句朗诵一番。(念诗介)

【浣沙溪】拈诗话,对会家。柳和梅有分儿些。他春心迸出湖山罅,飞上烟绡萼绿华。则是礼拜他便了。(拈香拜介)傒倖杀,对她脸晕眉痕心上掐,有情人不在天涯。小生客居,怎勾姐姐风月中片时相会也。

【刘泼帽】恨单条不惹的双魂化，做个画屏中倚玉蒹葭。小姐呵，你耳朵儿云鬓月侵芽，可知她一些些都听的俺伤情话？

【秋夜月】堪笑咱，说的来如戏耍。他海天秋月云端挂，烟空翠影遥山抹。只许他伴人清暇，怎教人佻达。痴一通，慧一通，绝唱。

【东瓯令】俺如念咒，似说法。石也要点头，天雨花。怎虔诚不降的仙娥下？是不肯轻行踏。（内作风起，生按住画介）只管进得去。待留仙怕杀风儿刮，粘嵌着锦边牙。怕刮损他，再寻个高手临他一幅儿。

【金莲子】闲啧牙，怎能够他威光水月生临榻？怕有处相逢他自家，则问他许多情，与春风画意再无差。再把灯剔起细看他一会。（照介）

【隔尾】敢人世上似这天真多则假。（内作风吹灯介）（生）好一阵冷风袭人也。险些儿误丹青风影落灯花。罢了，则索睡掩纱窗去梦她。（打睡介）（魂旦上）“泉下长眠梦不成，一生余得许多情。魂随月下丹青引，人在风前叹息声。”妾身杜丽娘鬼魂是也。为花园一梦，想念而终。当时自画春容，埋于太湖石下。题有“他年得傍蟾宫客，不在梅边在柳边”。谁想魂游观中几晚，听见东房之内，一个书生高声低叫：“俺的姐姐，俺的美人。”那声音哀楚，动俺心魂。悄然蓦入他房中，则见高挂起一轴小画。细玩之，便是奴家遗下春容。后面和诗一首，观其名字，则岭南柳梦梅也。梅边柳边，岂非前定乎！因而告过了冥府判君，趁此良宵，完其前梦。想起来好苦也。

【朝天懒】怕的是粉冷香销泣绛纱，又到的高唐馆玩月华。猛回头羞飒髻儿鬌，自擎拿。呀，前面是他房头了。怕桃源路径行来诧，再得俄旋试认他。（生睡中念诗介）“他年若傍蟾宫客，不在梅边在柳边。”我的姐姐呵。（旦）（听打悲介）

【前腔】是他叫唤的伤情咱泪雨麻，把我残诗句没争差。难道还未睡呵？（瞧介）（生又叫介）（旦）他原来睡屏中作念猛嗟牙。省喧哗，我待敲弹翠竹窗栊下。（生作惊醒，叫"姐姐"介）（旦悲介）待展香魂去近他。（生）呀，户外敲竹之声，是风是人？（旦）有人。（生）这咱时节有人，敢是老姑姑送茶来？免劳了。（旦）不是。（生）敢是游方的小姑姑么？（旦）不是。（生）好怪，好怪，又不是小姑姑。再有谁？待我启门而看。（生开门看介）

【玩仙灯】呀，何处一娇娃，艳非常使人惊诧。（旦作笑闪入）（生急掩门）（旦敛衽整容见介）秀才万福。（生）小娘子到来，敢问尊前何处，因何夤夜至此？（旦）秀才，你猜来。

【红衲袄】（生）莫不是莽张骞犯了你星汉槎，莫不是小梁清夜走天曹罚？（旦）这都是天上仙人，怎得到此。（生）是人家彩凤暗随鸦？（旦摇头介）（生）敢甚处里绿杨曾系马？（旦）不曾一面。（生）若不是认陶潜眼挫的花，敢则是走临邛道数儿差？（旦）非差。（生）想是求灯的？可是你夜行无烛也，因此上待要红袖分灯向碧纱？

【前腔】（旦）俺不为度仙香空散花，也不为读书灯闲濡蜡。俺不似赵飞卿旧有瑕，也不似卓文君新守寡。秀才呵，你也曾随蝶梦迷花下。（生想介）是当初曾梦来。（旦）俺因此上弄莺簧赴柳衙。若问俺妆台何处也，不远哩，刚则在宋玉东邻第几家。（生作想介）是了。曾后花园转西，夕阳时节，见小娘子走动哩。（旦）便是了。（生）家下有谁？

【宜春令】（旦）斜阳外，芳草涯，再无人有伶仃的爹妈。奴年二八，没包弹风藏叶里花。为春归惹动嗟呀，瞥见你风神俊雅。无他，待和你剪烛临风，西窗闲话。（生背介）奇哉，奇哉，人间有此艳色！夜半无故而遇明月之珠，怎生发付！

【前腔】她惊人艳，绝世佳。闪一笑风流银蜡。月明如乍，问今夕何年星汉槎？金钗客寒夜来家，玉天仙人间下榻。（背介）知她，知她是甚宅眷的孩儿，这迎门调法？待小生再问他。（回介）小娘子夤夜下顾小生，敢是梦也？（旦笑介）不是梦，当真哩。还怕秀才未肯容纳。（生）则怕未真。果然美人见爱，小生喜出望外。何敢却乎？（旦）这等真个盼着你了。

【耍鲍老】幽谷寒涯，你为俺催花连夜发。俺全然未嫁，你个中知察，拘惜的好人家。牡丹亭，娇恰恰；湖山畔，羞答答；读书窗，淅喇喇。良夜省陪茶，清风明月知无价。

【滴滴金】（生）俺惊魂化，睡醒时凉月些些。陡地荣华，敢则是梦中巫峡？亏杀你走花荫不害些儿怕，点苍苔不溜些儿滑，背萱亲不受些儿吓，认书生不着些儿差。你看斗儿斜，花儿亚，如此夜深花睡罢。笑咖咖，吟哈哈，风月无加。把她艳软香娇做意儿耍，下的亏她？便亏她则半霎。土气息，泥滋味，竿头一转法。（旦）妾有一言相恳，望郎恕罪。（生笑介）贤卿有话，但说无妨。（旦）妾千金之躯，一旦付与郎矣，勿负奴心。每夜得共枕席，平生之愿足矣。（生笑介）贤卿有心恋于小生，小生岂敢忘于贤卿乎？（旦）还有一言，未至鸡鸣，放奴回去，秀才休送，以避晓风。（生）这都领命。只问姐姐贵姓芳名？

【意不尽】（旦叹介）少不得花有根元玉有芽，待说时惹的风声大。（生）以后准望贤卿逐夜而来。（旦）秀才，且和俺点勘春风这第一花。

（生）浩态狂香昔未逢，韩　愈　（旦）月斜楼上五更钟。李商隐
（旦）朝云夜入无行处，李　白　（生）神女知来第几峰？张子容

第二十九出 旁疑

【步步娇】(净扮老道姑上)女冠儿生来出家相。无对向、没生长。守着三清像,换水添香,钟鸣鼓响。赤紧的是那走方娘,弄虚花扯闲帐?"世事难拼一个信,人情常带三分疑。"杜老爷为小姐创下这座梅花观,着俺看守三年。水清石见,无半点瑕疵。止因陈教授老狗,引下个岭南柳秀才,东房养病。前几日到后花园回来,悠悠漾漾的,着鬼着魅一般,俺已疑惑了。凑着个韶阳小道姑,年方念八,颇有风情,到此云游,几日不去。夜来柳秀才房里,唧唧哝哝,听的似女儿声息。敢是小道姑瞒着我去瞧那秀才,秀才逆来顺受了。俺且待她来,打觑她一番。

【前腔】(贴扮小道姑上)俺女冠儿俏的仙真样。论举止都停当,则一点情抛漾。步斗风前,吹笙月上。(叹介)古来仙女定成双,恁生来寒乞相?(见介)(贴)"常无欲以观其妙,(净)常有欲以观其窍。"小姑姑你昨夜游方,游到柳秀才房儿里去。是窍,是妙?(贴)老姑姑这话怎的起?谁曾见来?(净)俺见来。

【剔银灯】你出家人芙蓉淡妆,剪一片湘云鹤氅。玉冠儿斜插笑生香,出落的十分情况。斟量,敢则向书生夜窗,迤逗的幽辉半床?哗响。(贴)向哪个书生?老姑姑这话敢不中哩。

【前腔】俺虽然年青试妆,洗凡心冰壶月朗。你怎生剥落的人轻相?比似你半老的佳人停当!(净)倒栽起俺来。(贴)你端详,这女贞观旁,可放着个书生话长?(净)哎也,难道俺与书生有账!这梅花观,你是云游道婆,他是云游秀才,你住的,偏他住不的?则是往常秀才夜静高眠,则你到观中,那秀才夜半开门,唧唧哝哝的。不共你说话,共谁来?扯你道录司告去。(扯介)(贴)便去。你将前官香火院,停宿外方游

棍。难道偏放过你？（扯介）

【一封书】（末上）闲步白云除，问柳先生何处居？扣梅花院主。（见扯介）呀，怎两个姑姑争施主？玄牝同门道可道，怎不韫椟而藏姑待姑？俺知道你是大姑她是小姑，嫁的个彭郎港口无？江西山水。（净）先生不知。听的柳秀才半夜开门，不住的唧哝。俺好意儿问这小姑："敢是你共柳秀才讲话哩？"这小姑则答应着"谁共秀才讲话来"，便罢；倒嘴骨弄的说俺养着个秀才。陈先生，凭你说，谁引这秀才来？扯他道录司明白去。俺是石的。（贴）难道俺是水的？（末）禁声，坏了柳秀才体面。俺劝你，

【前腔】教你姑徐徐。撒月招风实也虚？早则是者也之乎，那柳下先生君子儒，到道录司牒你去俗还俗，敢儒流们笑你姑不姑。（贴）正是不雅相。好把冠子儿扶水云梳，裂了这仙衣四五铢。游戏《四书》，正今腐塾文理。（净）便依说，开手罢。陈先生吃个斋去。（末）待柳秀才在时又来。

【尾声】清绝处，再踟躇。（泪介）咳，糁东风穷泪扑疏疏。道姑，杜小姐坟儿可上去？（净）雨哩。（末叹介）则恨的锁春寒这几点杜鹃花下雨。（下）（净、贴吊场）（净）陈老儿去了。小姑姑好嗻。（贴）和你再打听谁和秀才说话来。

（净）烟水何曾息世机！温庭筠　（贴）高情雅淡世间稀。刘禹锡

（净）陇山鹦鹉能言语，岑　参　（贴）乱向金笼说是非。僧子兰

【捣练子】(生上)听漏下半更多,月影向中那。恁时节夜香烧罢么?"一点猩红一点金,十个春纤十个针。只因世上美人面,改尽人间君子心。"俺柳梦梅是个读书君子,一味志诚。止因北上南安,凑着东邻西子,嫣然一笑,遂成暮雨之来,未是五更,便逐晓风而去。今宵有约,未知迟早。正是:"金莲若肯移三寸,银烛先教刻五分。"则一件,姐姐若到,要精神对付他。偷盹一会,有何不可。(睡介)难道是学问资禀,只是心空口出。

【称人心】(魂旦上)冥途挣挫,要死却心儿无那。也则为俺那人儿忒可,教他闷房头守着闲灯火。(入门介)呀,他端然睡瞌,恁春寒也不把绣衾来摸。多应他祇候着我。待叫醒他。秀才,秀才!(生醒介)姐姐,失敬也。(起揖介)(生)待整衣罗,远远相迎个。这二更天风露多,还则怕夜深花睡么?(旦)秀才,俺那里长夜好难过。缱著你无眠清坐。(生)姐姐,你来的脚踪儿恁轻,是怎的?[集唐]"(旦)自然无迹又无尘朱庆余,(生)白日寻思夜梦频令狐楚。(旦)行到窗前知未寝无名氏,(生)一心惟待月夫人皮日休。"月夫人"妙,要此等语。"姐姐,今夜来的迟些。

【绣带儿】(旦)镇消停,不是俺闲情忒慢俄。那些儿忘却俺欢哥。夜香残,回避了尊亲,绣床偎收拾起生活,停脱。顺风儿斜将金佩拖,紧摘离百忙的淡妆明抹。(生)费你高情,则良夜无酒奈何?(旦)都忘了。俺携酒一壶,花果二色,在楯栏之上,取来消遣。(旦取酒、果、花上)(生)生受了。是甚果?(旦)青梅数粒。(生)这花?(旦)美人蕉。(生)梅子酸似俺秀才,蕉花红似俺姐姐。情语将穷,又生此二物,便觉峰回境换。串饮一杯。(共杯饮介)

【白练序】(旦)金荷斟香糯。(生)你酝酿春心玉液波。拚微酡,东风外翠香红酦。(旦)也摘不下奇花果,这一点蕉花和梅豆呵,君知么,爱的人全风韵,花有根科。

【醉太平】(生)细哦,这子儿花朵,似美人憔悴,酸子情多。喜蕉心暗展,一夜梅犀点污。如何?酒潮微晕笑生涡。待噷着脸恣情的呜嘬,些儿个,翠偃了情波,润红蕉点,香生梅唾。

【白练序】(旦)活泼、死腾那,这是第一所人间风月窝。昨宵个微芒暗影轻罗,把势儿忒显豁。为什么人到幽期话转多?(生)好睡也。(旦)好月也。消停坐,不妒色嫦娥,和俺人三个。青莲之上。

【醉太平】(生)无多,花影阿那。劝奴奴睡也,睡也奴哥。春宵美满,一霎暮钟敲破。娇娥、似前宵雨云羞怯颤声讹,敢今夜翠颦轻可。睡则那,把腻乳微搓,酥胸汗帖,细腰春锁。(净、贴悄上)(贴)"道可道,可知道?名可名,可闻名?"(生、旦笑介)(贴)老姑姑,你听秀才房里有人。这不是俺小姑姑了。(净作听介)是女人声,快敲门去。(敲门介)(生)是谁?(净)老道姑送茶。(生)夜深了。(净)相公房里有客哩。(生)没有。(净)女客哩。(生、旦慌介)怎好?(净急敲门介)相公,快开门。地方巡警,免的声扬哩。(生慌介)怎了,怎了!(旦笑介)不妨,俺是邻家女子,道姑不肯干休时,便与他一个勾引的罪名儿。妙!

【隔尾】便开呵须撒和,隔纱窗怎守的到参儿趓!忽然接入,真天上无缝衣也。柳郎,则管松了门儿。俺影着这一幅美人图那边躲。(生开门,旦作躲,生将身遮旦,净、贴闯进笑介)喜也。(生)什么喜?(净前看,生身拦介)

【滚遍】(净、贴)这更天一点锣,仙院重门阖,何处娇娥?怕惹的干柴火。(生)你便打睃,有甚着科?是床儿里窝?箱儿里那?袖儿里阁？（净、贴向前，生拦不住，内作风起，旦闪下介）人来了！（生）昏了灯也。（净）分明一个影儿，只这轴美女图在此。古画成精了么？

【前腔】画屏人踏歌，曾许你书生和。不是妖魔，甚影儿望风躲？相公，这是什么画？（生）妙娑婆，秀才家随行的香火。"香火"字妙。俺寂静里暗祈求，你莽吆喝。（净）是了。不说不知，俺前晚听见相公房内啾啾唧唧，疑惑是这小姑姑。俺如今明白了。相公，权留小姑姑伴话。（生）请了。

【尾声】（贴）动不动道录司官了私和。（生）则欺负俺不分外的书生欺别个！姑姑，这多半觉美斛斛，则被你奚落杀了我。（净、贴下）（生笑介）一天好事，两个瓦剌姑。扫兴，扫兴。那美人呵，好吃惊也！

应陪秉烛夜深游，曹　松　恼乱春风卒未休。罗　隐
大姑山远小姑出，顾　况　更凭飞梦到瀛洲。胡　宿

【番卜算】(贴扮文官,净扮武官上)边海一边江,隔不断胡尘涨。维扬新筑两城墙,酾酒临江上。请了。俺们扬州府文武官僚是也。安抚杜老大人,为因李全骚扰地方,加筑外罗城一座。今日落成开宴,杜老大人早到也。

【前腔】(众拥外上)三千客两行,百二关重壮。(文武迎介)(外)维扬风景世无双,直上层楼望。(见介)(众)"北门卧护要耆英,(外)恨少胸中十万兵。(众)天借金山为底柱。(外)身当铁瓮作长城。"扬州表里重城,不日成就。皆文武诸公士民之力。(众)此皆老安抚远略奇谋。属官窃在下风,敢献一杯,效古人城隅之宴。(外)正好。且向新楼一望。(望介)壮哉,城也!真乃:"江北无双堑,淮南第一楼。"(众)请进酒。

【山花子】(众)贺层城顿插云霄敞,雉飞腾映压寒江。据表里山河一方,控长淮万里金汤。(合)敌楼高窥临女墙,临风酾酒旌旆扬。乍想起琼花当年吹暗香,几点新亭,无限沧桑。(外)前面高起如霜似雪四五十堆,是何山也?(众)都是各场所积之盐,众商人中纳。(外)商人何在?(末、老旦扮商人上)"占种海田高白玉,掀翻盐井横黄金。"商人见。(外)商人么,则怕早晚要动支兵粮,攒紧上纳。

【前腔】这盐呵,是银山雪障连天晃,海煎成夏草秋粮。平看取盐花灶场,尽支排中纳边商。(合前)(外)酒罢了。喜的广有兵粮,则要众文武关防如法。

【舞霓裳】(众)文武官僚立边疆,立边疆。休坏了这农桑,士工商。(合)敢大金家早晚来无状,打贴起炮箭旗枪。听边声风沙迭荡,猛惊起，见蟠花战袍旧边将。

【红绣鞋】(众)吉日祭赛城隍，城隍。归神谢土安康，安康。祭旗纛，犒军装。阵头儿，谁抵当？箭眼里，好遮藏。

【尾声】(外)按三韬把六出旗门放，文和武肃静端详。则等待海西头动边烽那一声炮儿响。

夹城云暖下霓旄，杜　牧　千里崤函一梦劳。谭用之
不意新城连嶂起，钱　起　夜来冲斗气何高。谭用之

【月云高】（生上）暮云金阙，风幡淡摇拽。但听的钟声绝，早则是心儿热。纸帐书生，有分氤兰麝。咱时还早。荡花阴，单则把月痕遮。（整灯介）溜风光，稳护着灯儿烨。（笑介）"好书读易尽，佳人期未来。"前夕美人到此，并不提防，姑姑搅攘。今宵趁他未来之时，先到云堂之上攀话一回，免生疑惑。（作掩门行介）此处留人户半斜，天呵，俺那有心期在那些。（下）

【前腔】（魂旦上）孤神害怯，佩环风定夜。（惊介）则道是人行影，原来是云偷月。（到介）这是柳郎书舍了。呀，柳郎何处也？闪闪幽斋，弄影灯明灭。魂再艳，灯油接；情一点，灯头结。（叹介）奴家和柳郎幽期，除是人不知，鬼都知道。（泣介）竹影寺风声怎的遮，黄泉路夫妻怎当赊？著处元窍。"待说何曾说，如颦不奈颦。把持花下意，犹恐梦中身。"奴家虽登鬼录，未损人身。阳禄将回，阴数已尽。前日为柳郎而死，今日为柳郎而生。夫妻分缘，去来明白。今宵不说，只管人鬼混缠到甚时节？只怕说时柳郎那一惊呵，也避不得了。正是："夜传人鬼三分话，早定夫妻百岁恩。"

【懒画眉】（生上）画栏风摆竹横斜。（内作乌声惊介）惊鸦闪落在残红榭。呀，门儿开也，玉天仙光降了紫云车。（旦出迎介）柳郎来也。（生揖介）姐姐来也。（旦）剔灯花这咱望郎爷。（生）直恁的志诚亲姐姐。（旦）秀才，等你不来，俺集下了唐诗一首。（生）洗耳。（旦念介）"拟托良媒亦自伤秦韬玉，月寒山色两苍苍薛涛。不知谁唱春归曲曹唐？又向人间魅阮郎刘言史。"（生）姐姐高才。（旦）柳郎，这更深何处来也？（生）昨夜被姑姑败兴，俺乘你未来之时，去姑姑房头看了她动静，好来迎接你。不想姐姐来恁早哩。(旦)盼不到月儿上也。此处从小姑姑身上一醋，更觉烟澜。

【太师引】(生)叹书生何幸遇仙提揭，比人间更志诚亲切。乍温存笑眼生花，正渐入欢肠啖蔗。前夜那姑姑呵，恨无端风雨把春抄截。姐姐呵，误了你半宵周折，累了你好回惊怯。不嗔嫌，一径的把断红重接。昨日怎么去得，妙也，须诘说两句。

【锁寒窗】(旦)是不提防她来的咋嗻，吓的个魂儿收不迭。仗云摇月躲，画影人遮。则没揣的涩道边儿，闪人一跌。自生成不惯这磨灭。险些些，风声扬播到俺家爷，先吃了俺狠尊慈痛决。(生)姐姐费心。因何错爱小生至此？(旦)爱的你一品人才。(生)姐姐敢定了人家？明昧如灯火，恰妙。

【太师引】(旦)并不曾受人家红定回鸾帖。(生)喜个甚样人家？(旦)但得个秀才郎情倾意惬。(生)小生倒是个有情的。(旦)是看上你年少多情，迤逗俺睡魂难贴。(生)姐姐，嫁了小生罢。(旦)怕你岭南归客路途赊，是做小伏低难说。(生)小生未曾有妻。(旦笑介)少什么旧家根叶，梅柳。着俺异乡花草填接？敢问秀才，堂上有人么？(生)先君官为朝散，先母曾封县君。(旦)这等是衙内了。怎恁婚迟？文章风水，都要顾祖回龙。

【锁寒窗】(生)恨孤单飘零岁月，但寻常稔色谁沾藉？那有个相如在客，肯驾香车？萧史无家，便同瑶阙？似你千金笑等闲抛泄，凭说，便和伊青春才貌恰争些，怎做的露水相看仳别！却似六朝书札。(旦)秀才有此心，何不请媒相聘？也省的奴家为你担慌受怕。(生)明早敬造尊庭，拜见令尊令堂，方好问亲于姐姐。(旦)到俺家来，只好见奴家。要见俺爹娘还早。(生)这般说，姐姐当真是那样门庭。(旦笑介)(生)是怎生来？难道不偷《拜月》。

【红衫儿】看她温香艳玉神清绝，人间迥别。（旦）不是人间，难道天上？（生）忑独自夜深行，边厢少侍妾？且说个贵表尊名。（旦叹介）（生背介）他把姓字香沉，敢怕似飞琼漏泄？姐姐不肯泄漏姓名，定是天仙了。薄福书生，不敢再陪欢宴。尽仙姬留意书生，怕逃不过天曹罚折。也不可少。

【前腔】（旦）道奴家天上神仙列，前生寿折。（生）不是天上，难道人间？（旦）便作是私奔，悄悄何妨说。（生）不是人间，则是花月之妖。（旦）正要你掘草寻根，怕不待勾辰就月。（生）是怎么说？（旦欲说又止介）不明白辜负了幽期，话到尖头又咽。**【相思令】**（生）姐姐，你"千不说，万不说。直恁的书生不酬决，更向谁边说？（旦）待要说，如何说？秀才，俺则怕聘则为妻奔则妾，受了盟香说。"（生）你要小生发愿，定为正妻，便与姐姐拈香去。

【滴溜子】（生、旦同拜）神天的，神天的，盟香满爇。柳梦梅，柳梦梅，南安郡舍。遇了这佳人提挈，作夫妻。生同室，死同穴。口不心齐，寿随香灭，（旦泣介）（生）怎生吊下泪来？（旦）感君情重，不觉泪垂。

【闹樊楼】你秀才郎为客偏情绝，料不是虚脾把盟誓撇。哎，话吊在喉咙剪了舌。嘱东君在意者，精神打叠。暂时间奴儿回避趄，些儿待说，你敢扑忪忪害跌。（生）怎的来？（旦）秀才，这春容得从何处？（生）太湖石缝里。（旦）比奴家容貌争多？（生看惊介）可怎生一个粉扑儿？（旦）可知道，奴家便是画中人也。（生合掌谢画介）小生烧的香到哩。小生下增"说"字。小生烧的香到哩，下该增"真个到了，不差，不差！"姐姐，你好歹表白一些儿。

【啄木犯】（旦）柳衙内听根节。杜南安原是俺亲爹。（生）呀，前任杜老先生升任扬州，怎么丢下小姐？（旦）你剪了灯。（生剪灯介）（旦）剪了灯、余话堪明灭。(生)且请问芳名,青春多少?(旦)杜丽娘小字有庚帖,年华二八,正是婚时节。(生)是丽娘小姐,俺的人哪!(旦)衙内,奴家还未是人。(生)不是人,是鬼?(旦)是鬼也。(生惊介)怕也,怕也。(旦)靠边些,听俺消详说。话在前教伊休害怯,俺虽则是小鬼头人半截。(生)姐姐,因何得回阳世而会小生?

【前腔】(旦)虽则是阴府别,看一面千金小姐,是杜南安那些枝叶。注生妃央及煞回生帖,化生娘点活了残生劫。你后生儿蘸定俺前生业。秀才,你许了俺为妻真切,少不得冷骨头着疼热。(生)你是俺妻,俺也不害怕了。你是俺俺妻,俺也也不害怕了,再加二字,少不得期期寒栗。难道便请起你来?怕似水中捞月,空里拈花。

【三段子】(旦)俺三光不灭。鬼胡由,还动迭,一灵未歇。泼残生,堪转折。秀才可谙经典?是人非人心不别,是幻非幻如何说?虽则似空里拈花,却不是水中捞月。(生)既然虽死犹生,敢问仙坟何处?(旦)记取太湖石梅树一株。有人非人等。

【前腔】爱的是花园后节,梦孤清,梅花影斜。熟梅时节,为仁儿,心酸那些。(生)怕小姐别有走跳处?(旦叹介)便到九泉无屈折,衡幽香一阵昏黄月。(生)好不冷。(旦)冻的俺七魄三魂,僵做了三贞七烈。(生)则怕惊了小姐的魂怎好?高妙!

【斗双鸡】(旦)花根木节,有一个透人间路穴。俺冷香肌早偎的半热。你怕惊了呵,悄魂飞越,则俺见了你回心心不灭。(生)话长哩。(旦)畅好是一夜夫妻,有的是三生话说。(生)不烦姐姐再三,只俺独力难成。(旦)可与姑姑计议而行。(生)未知深浅,怕一时间攒不彻。

【登小楼】(旦)咨嗟、你为人为彻。俺砌笼棺够有三尺叠,你点钢锹和俺一谜掘。就里阴风泻泻,则隔的阳世些些。又带诨。(内鸡鸣介)

鳴岐

【鲍老催】咳，长眠人一向眠长夜，则道鸡鸣枕空设。今夜呵，梦回远塞荒鸡咽，觉人间风味别。晓风明灭，子规声容易吹残月。三分话才做一分说。即在诗余，亦当上座。

【耍鲍老】俺丁丁列列，吐出在丁香舌。你拆了俺丁香结，须粉碎俺丁香节。休残慢，须争节，俺的幽情难尽说。（内风起介）则这一剪风动灵衣去了也。（旦急下）（生惊痴介）奇哉，奇哉！柳梦梅做了杜太守的女婿，敢是梦也？庄子，妙！待俺来回想一番。他名字杜丽娘，年华二八，死葬后园梅树之下。啐，分明是人道交感，有精有血。怎生杜小姐颠倒自己说是鬼？（旦又上介）衙内还在此？（生）小姐怎又回来？（旦）奴家还有叮咛。你既以俺为妻，可急视之，不宜自误。如或不然，妾事已露，不敢再来相陪。愿郎留心，勿使可惜。妾若不得复生，必痛恨君于九泉之下矣。又转丁脚，妙，妙！

【尾声】（旦跪介）柳衙内你便是俺再生爷。（生跪扶起介）（旦）一点心怜念妾，不着俺黄泉恨你，你只骂的俺一句鬼随邪。（旦作鬼声下，回顾介）（生吊场，低语介）柳梦梅着鬼了。他说的恁般分明，恁般凄切，是无是有，只得依言而行。和姑姑商量去。

梦来何处更为云？李商隐　惆怅金泥簇蝶裙。韦氏子
欲访孤坟谁引至？刘言史　有人传示紫阳君。熊孺登

【绕池游】(净上)芙蓉冠帔,短发难簪系。一炉香鸣钟叩齿。【诉衷情】"风微台殿响笙簧。空翠冷霓裳。池畔藕花深处,清切夜闻香。　　人易老,事多妨,梦难长。一点深情,三分浅土,半壁斜阳。"俺这梅花观,为着杜小姐而建。当初杜老爷吩咐陈教授看管。三年之内,则见他收取祭租,并不常川行走。便是杜老爷去后,谎了一府州县士民人等许多分子,起了个生祠。昨日老身打从祠前过,猪屎也有,人屎也有。陈最良,陈最良,你可也叫人扫刮一遭儿。倒是杜小姐神位前,日逐添香换水,何等庄严清净。正是:"天下少信掉书子,世外有情持素人。"捎打!

【前腔】(生上)幽期密意,不是人间世。待声扬徘徊了半日。(见介)(生)"落花香覆紫金堂。(净)你年少看花敢自伤?(生)弄玉不来人换世。(净)麻姑一去海生桑。"(生)老姑姑,小生自到仙居,"自到仙居"下,少"病得苦恼"一句。不曾瞻礼宝殿。今日愿求一观。(净)是礼。相引前行。(行到介)(净)高处玉天金阙,下面东岳夫人,南斗真妃。(内钟鸣,生拜介)"中天积翠玉台遥,上帝高居绛节朝。遂有冯夷来击鼓,始知秦女善吹箫。"好一座宝殿哩。怎生左边这牌位上写着"杜小姐神王",是哪位女王?(净)是没人题主哩。杜小姐。(生)杜小姐为谁?

【五更转】(净)你说这红梅院,因何置?是杜参知前所为。丽娘原是他香闺女,十八而亡,就此攒瘗。他爷呵,升任急,失题主,空牌位。(生)谁祭扫她?(净)好墓田,留下有碑记。偏他没头主儿,年年寒食。(生哭介)这等说起来,杜小姐是俺娇妻呵。(净惊介)秀才当真么?(生)千真万真。(净)这等,知她哪日生,哪日死了?

【前腔】(生)俺未知她生,焉知死?死多年、生此时。(净)几时得他死信？（生）这是俺朝闻夕死了可人矣。（净）是夫妻，应你奉事香火。（生）则怕俺未能事人，焉能事鬼？（净）既是秀才娘子，可曾会她来？（生）便是这红梅院，做楚阳台，偏倍了你。（净）是那一夜？（生）是前宵你们不做美。（净惊介）秀才着鬼了。难道，难道。（生）你不信时，显个神通你看。取笔来点的她主儿会动。（净）有这事？笔在此。（生点介）看俺点石为人，靠夫作主。你瞧，你瞧。（净惊介）奇哉，奇哉。主儿真个会动也。小姐呵！明说了秀才事。

【前腔】则道墓门梅，立着个没字碑，原来柳客神缠住在香炉里。秀才，即是你妻，鼓盆歌、庐墓三年礼。（生）还要请她起来。（净）你直恁神通，敢阎罗是你？（生）少些人夫用。（净）你当夫，他为人，堪使鬼。（生）你也帮一锹儿。（净）大明律：开棺见尸，不分首从皆斩哩。你宋书生是看不着皇明例，不比寻常，穿窬挖壁。（生）这个不妨，是小姐自家主见。亦可。

【前腔】是泉下人，央及你，个中人、谁似伊。（净）既是小姐吩咐，也待我择个日子。（看介）恰好明日乙酉，可以开坟。（生）喜金鸡玉犬非牛日，又要鸣吠对，又要牛不守家，冤家！则待寻个人儿，开山力士。（净）俺有个侄儿癞头鼋可用。只怕事发之时怎处？（生）但回生，免声息，停商议。可有偷香窃玉劫坟贼？还一事，小姐倘然回生，要些定魂汤药。（净）陈教授开张药铺。只说前日小姑姑，党了凶煞。求药安魂。（生）烦你快去也。这七级浮屠，岂同儿戏。本色！

（生下）（净吊场介）奇哉，奇哉。怕没这等事，既是小姐吩咐，便唤侄儿备了锄锹。俺问陈先生讨药去来。宁可信其有，不可信其无。“不可信其无”下应添“或者，或者”。（下）

（净）湿云如梦雨如尘，崔　鲁　（生）初访城西李少君。陈　羽

（净）行到窈娘身没处，雍　陶　（生）手披荒草看孤坟。刘长卿

一鳳

（末上）"积年儒学理粗通，书簏成精变药笼。家僮唤俺老员外，街坊唤俺老郎中。"俺陈最良失馆，依然开药铺。看今日有甚人来？似这等灵妙，决决让他一筹。

【女冠子】（净上）人间天上，道理都难讲。梦中虚诳，更有人儿思量泉壤。陈先生利市哩。（末）老姑姑到来。（净）好铺面！这"儒医"二字杜太爷赠的。捎打。好"道地药材"！这两块土中甚用？（末）是寡妇床头土。男子汉有鬼怪之疾，清水调服良。（净）这布片儿何用？（末）是壮男子的裤裆。妇人有鬼怪之病，烧灰吃了效。本草。（净）这等，俺贫道床头三尺土，敢换先生五寸裆？（末）怕你不十分寡。（净）啐，你敢也不十分壮。（末）罢了，来意何事？（净）不瞒你说，前日小道姑呵！

【黄莺儿】年少不提防，赛江神，归夜忙。（末）着手了？（净）知他着甚闲空旷？被凶神煞党。年灾月殃，瞑然一去无回向。（末）欠老成哩！（净）细端详，你医王手段敢对的住活阎王。（末）是活的，死的？（净）死几日了。（末）死人有口吃药？也罢，便是这烧裆散，用热酒调服下。

【前腔】海上有仙方，这伟男儿深裤裆。（净）则这种药，俺那里自有。（末）则怕姑姑记不起谁阳壮。剪裁寸方，烧灰酒娘，敲开齿缝把些儿放。不寻常，安魂定魄，赛过反精香。（净）谢了。真有时迁手段，搭着到手。

（末）还随女伴赛江神，于　鹄　（净）争奈多情足病身。韩　偓
（末）严洞幽深门尽锁，韩　愈　（净）隔花催唤女医人。王　建

【字字双】(丑扮疙童,持锹上)猪尿泡疙疸偌卢胡,没裤。铧锹儿入的土花疏,没骨。活小娘不要去做鬼婆夫,没路。偷坟贼拿到做个地官符,没趣。(笑介)自家梅花观主家癞头鼋便是。观主受了柳秀才之托,和杜小姐启坟。好笑,好笑,说杜小姐要和他这里重做夫妻。管他人话鬼话,带了些黄钱,挂在这太湖石上,点起香来。

【出队子】(净携酒同生上)玉人何处,玉人何处?近墓西风老绿芜。《竹枝歌》唱的女郎苏,杜鹃声啼过锦江无?一窖愁残,三生梦余。(生)老姑姑,已到后园。只见半亭瓦砾,满地荆榛。绣带重寻,袅袅藤花夜合;罗裙欲认,青青蔓草春长,则记的太湖石边,是俺拾画之处。依稀似梦,恍惚如亡。怎生是好?(净)秀才不要忙,梅树下堆儿是了。(生)小姐,好伤感人也。(哭介)(丑)哭甚的。趁时节了。(烧纸介)(生拜介)巡山使者,当山土地,显圣显灵。

【啄木鹂】开山纸草面上铺。烟罩山前红地炉。(丑)敢太岁头上动土?向小姐脚跟挖窟。(生)土地公公,今日开山,专为请起杜丽娘。不要你死的,要个活的。你为神正直应无妒,俺阳神触煞俱无虑。要他风神笑语都无二,便做着你土地公公女嫁吾。呀,春在小梅株。好破土哩。

【前腔】(丑、净锹土介)这三和土一谜锄。小姐呵,半尺孤坟你在这的无?(生)你们十分小心。(看介)到棺了。(丑作惊丢锹介)到官没活的了。忙中飘逸。(生摇手介)禁声。(内旦作哎哟介)(众惊介)活鬼做声了。(生)休惊了小姐。(众蹲向鬼门,开棺介)(净)原来钉头锈断,子口登开,小姐敢别处送云雨去了。(内哎哟介)(生见旦扶介)(生)咳,小姐端然在此。异香袭人，幽姿如故。天也，你看正面上那些儿尘渍，斜空处没半米蚍蜉，则他暖幽香四片斑斓木，润芳姿半榻黄泉路，养花身五色燕支土。（扶旦软䡔介）（生）俺为你款款偎将睡脸扶，休损了口中珠。（旦作呕出水银介）（丑）一块花银，二十分多重，赏了癞头罢。跌来都成圆浑。（生）此乃小姐龙含凤吐之精，小生当奉为世宝。你们别有酬犒。（旦开眼叹介）（净）小姐开眼哩。（生）天开眼了。小姐呵！

【金蕉叶】（旦）是真是虚？劣梦魂猛然惊遽。（作掩眼介）避三光业眼难舒，怕一弄儿巧风吹去。语太早太多，愚意且不及唱。（生）怕风怎么好？（净扶旦介）且在这牡丹亭内进还魂丹，秀才剪裆。（生剪介）（丑）待俺凑些加味还魂散。（生）不消了。快快热酒来。

【莺啼序】（调酒灌介）玉喉咙半点灵酥。（旦吐介）（生）哎也，怎生呵落在胸脯。姐姐再进些，才吃下三个多半口还无。（觑介）好了，好了！喜春生颜面肌肤。（旦觑介）这些都是谁？敢是些无端道途，弄的俺不着坟墓？（生）我便是柳梦梅。（旦）略蒙觑，怕不是梅边柳边人数。终分一境界，妙，妙！（生）有这道姑为证。（净）小姐可认得道姑么？（旦看不语介）

【前腔】（净）你乍回头记不起俺这姑姑。（生）可记得这后花园？（旦不语介）（净）是了，你梦境模糊。（旦）只那个是柳郎？妙，妙！（生应，旦作认介）咳，柳郎真信人也。亏杀你拨草寻蛇，亏杀你守株待兔。棺中宝玩收存，诸余抛散池塘里去。（众）呸！（丢去棺物介）向人间别画个葫芦。水边头洗除凶物。（众）亏了小姐整整睡这三年。（旦）流年度，怕春色三分，一分尘土。（生）小姐，此处风霜，不可久停。好处将息去。

【尾声】死工夫救了你活地狱，七香汤莹了美食相扶。（旦）扶往那里去？（净）梅花观内。（旦）可知道洗棺尘，都是这高唐观中雨。

（生）天赐燕支一抹腮，罗　隐　（旦）随君此去出泉台。景舜英

（净）俺来穿穴非无意，张　祜　（生）愿结灵姻愧短才。潘　雍

端甫

【意难忘】（净扶旦上）（旦）如笑如呆，叹情丝不断，梦境重开。（净）你惊香辞地府，舆榇出天台。（旦）姑姑，俺强挣作，软咍咍，重娇养起这嫩孩孩。（合）尚疑猜，怕如烟入抱，似影投怀？**【画堂春】**（旦）"蛾眉秋恨满三霜，梦余荒冢斜阳。土花零落旧罗裳，睡损红妆。（净）风定彩云犹怯，火传金炧重香。如神如鬼费端详，除是高唐。"（旦）姑姑，奴家死去三年。为钟情一点，幽契重生。皆亏柳郎和姑姑信心提救。又以美酒香酥，时时将养。数日之间，稍觉精神旺相。（净）好了，秀才三回五次，央俺成亲哩。（旦）姑姑，这事还早。扬州问过了老相公、老夫人，请个媒人方好。（净）好消停的话儿。这也由你，则问小姐前生事可记得些么？

【胜如花】（旦）前生事，曾记怀。为伤春病害，困春游梦境难捱。写春容那人儿拾在。那劳承、那般顶戴，似盼天仙盼的眼咍，似叫观音叫的口歪。（净）俺也听见些。则小姐泉下怎生得知？（旦）虽则尘埋，把耳轮儿热坏。感一片志诚无奈，死淋侵走上阳台，活森沙走出这泉台。（净）秀才来哩。

【生查子】（生上）艳质久尘埋，又挣出这烟花界。你看她含笑插金钗，摆动那长裙带。（见介）丽娘妻。（旦羞介）（生）姐姐，俺地窟里扶卿做玉真。（旦）重生胜过父娘亲。（生）便好今宵成配偶。（旦）懵腾还自少精神。（净）起前说精神旺相，则瞒着秀才。（旦）秀才可记的古书云："必待父母之命，媒妁之言。"（生）日前虽不是钻穴相窥，早则钻坟而入了。小姐今日又会起书来。（旦）秀才，比前不同，前夕鬼也，今日人也。鬼可虚情，人须实礼。听奴道来：

【胜如花】青台闭，白日开。（拜介）秀才呵，受的俺三生礼拜，待成亲少个官媒。（泣介）结盏的要高堂人在。（生）成了亲，访令尊令堂，有惊天之喜。要媒人，道姑便是。（旦）秀才忙待怎的？也曾落几个黄昏陪待。（生）今夕何夕？（旦）直恁的急色秀才。（生）小姐捣鬼。（旦笑介）秀才捣鬼。天然调搭。不是俺鬼奴台妆妖作乖。（生）为甚？（旦羞介）半死来回，怕的雨云惊骇。有的是这人儿活在，但将息俺半载身材。（背介）但消停俺半刻情怀。俱人意中语。

【不是路】（末上）深院闲阶，花影萧萧转翠苔。（扣门介）人谁在？是陈生探望柳君来。（众惊介）（生）陈先生来了，怎好？（旦）姑姑，俺回避去。（下）（末）忒奇哉，怎女儿声息纱窗外，硬抵门儿应不开？（又扣门介）（生）是谁？（末）陈最良。得此一来才逼紧。（开门见介）（生）承车盖，俺衣冠未整因迟待。（末）有些惊怪。（生）有何惊怪？

【前腔】（末）不是天台，怎风度娇音隔院猜？（净上）原来陈斋长到来。（生）陈先生说里面妇娘声息，则是老姑姑。（净）是了，长生会，莲花观里一个小姑来。（末）便是前日的小姑么？（净）另是一众。（末）好哩，这梅花观一发兴哩。也是杜小姐冥福所致。因此径来相约，明午整个小盒儿同柳兄往坟上随喜去。暂告辞了。无闲会，今朝有约明朝在，酒滴青娥墓上回。（生）承拖带，这姑姑点不出个茶儿待。即来回拜。（末）慢来回拜。（下）（生）喜的陈先生去了，请小姐有话。（旦上介）（净）怎了，怎了？陈先生明日要上小姐坟去。事露之时，一来小姐有妖冶之名，二来公相无闺阃之教，三来秀才坐迷惑之讥，四来老身招发掘之罪。如何是了？（旦）老姑姑，待怎生好？（净）小姐，这柳秀才待往临安取应。不如曲成亲事，叫童儿寻只赣船，夤夜开去，以灭其踪。意下何如？（旦）这也罢了。（净）有酒在此。你二人拜告天地。（拜，把酒介）只管紧来，方是悬崖断索。

【榴花泣】（生）三生一会，人世两和谐。承合卺，送金杯。比墓田春酒这新醅，才酸转人面桃腮。（旦悲介）伤春便埋，似中山醉梦三年在。只一件来，看伊家龙凤姿容，怎配俺这土木形骸！（生）哪有此话！

【前腔】相逢无路，良夜肯疑猜？眠一柳，当了三槐。“槐”字也只取“鬼”。杜兰香真个在读书斋，则柳耆卿不是仙才。（旦叹介）幽姿暗怀，被元阳鼓的这阴无赖。柳郎，奴家依然还是女身。（生）已经数度幽期，玉体岂能无损？（旦）那是魂，这才是正身陪奉。伴情哥则是游魂，女儿身依旧含胎。不宜旦语，不记得更好。（外扮舟子歌上）春娘爱上酒家子楼，不怕归迟总弗子愁。推道那家娘子睡，且留教住要梳子头。（又歌）不论秋菊和那春子个花，个个能噇空肚子茶。无事莫教频入子库，一名闲物也也要些子些。（丑抢疙童上介）船，船，船，临安去。（外）来，来，来。（拢船介）（丑）门外船便，相公纂下小姐班。（净辞介）相公、小姐，小心去了。（生）小姐无人伏侍。烦老姑姑一行，得了官时相报。（净）俺不曾收拾。（背介）事发相连，走为上计。（回介）也罢，相公赏侄儿什么，着他和俺收拾房头，俺伴小姐同去。（丑）使得。（生）便赏他这件衣服。（解衣介）（丑）谢了，事发谁当？（生）则推不知便了。（丑）这等请了。“秃厮儿堪充道伴，女冠子权当梅香。”（下）

【急板令】（众上船介）别南安孤帆夜开，走临安把双飞路排。（旦悲介）（生）因何掉下泪来？（旦）叹从此天涯，从此天涯。（叹）三年此居，三年此埋。死不能归，活了才回。（合）问今夕何夕？此来，魂脉脉，意咍咍。

【前腔】（生）似倩女返魂到来，采芙蓉回生并载。（旦叹介）（生）为何又掉下泪来？（旦）想独自谁挨，独自谁挨？翠黯香囊，泥渍金钗。怕天上人间，心事难谐。（合前）（净）夜深了，叫停船。你俩人睡罢。（生）风月舟中，新婚佳趣，其乐何如！

【一撮掉】蓝桥驿，把涂河桥风月筛。（旦）柳郎，今日方知有人间之乐

端甫

也。七星版三星照，两星排。今夜呵，把身子儿带，情儿迈，意儿挨。（净）你过河衣带紧，请宽怀。（生）眉横黛，小船儿禁重载？这欢眠自在，抵多少吓魂台。

【尾声】情根一点是无生债。（旦）叹孤坟何处是俺望夫台？柳郎呵，俺和你死里淘生情似海。

（生）偷去须从月下移，吴　融　（净）好风偏似送佳期。陆龟蒙

（旦）傍人不识扁舟意，张　蠙　（净）惟有新人子细知。戴叔伦

[集唐](末上)"风吹不动顶垂丝雍陶,吟背春城出草迟朱庆余。毕竟百年浑是梦元稹,夜来风雨葬西施韩偓。"俺陈最良,只因感激杜太守,为他看顾小姐坟茔。昨日约了柳秀才到坟上望去,不免走一遭。(行介)"岩扉不掩云长在,院径无媒草自深。"待俺叫门。(叫介)呀,往常门儿重重掩上,今日都开在此,待俺参了圣。(看菩萨介)咳,冷清清没香没灯的。呀,怎不见了杜小姐牌位?待俺问一声老姑姑。(叫三声介)俗家去了。待俺叫柳兄问他。(叫介)柳朋友!(又叫介)柳先生!一发不应了。(看介)嗄,柳秀才去了。医好了病,来不参,去不辞。没行止,没行止!待俺西房瞧瞧。咳哟,道姑也搬去了。磬儿,锅儿,床席,一些都不见了。怪哉!(想介)是了。日前小道姑有话,昨日又听的小道姑声息,其中必有柳梦梅勾搭事情。一夜去了。没行止,没行止!由她,由她。到后园看小姐坟去。(行介)

【懒画眉】深林径侧老苍苔,那儿所月榭风亭久不开。当时曾此葬金钗。(望介)呀,旧坟高高儿的,如何平下来了也。缘何不见坟儿在?敢是狐兔穿空倒塌来?这太湖石,只左边靠动了些,梅树依然。(惊介)咳呀,小姐坟被劫了也。

【朝天子】(放声哭介)小姐,天呵!是什么发冢无情短倖材?他有多少金珠葬在打眼来!小姐,你若早有人家,也搬回去了。则为玉镜台无分照泉台。好孤哉!怕蛇钻骨,树穿骸,不提防这灾。知道了,柳梦梅岭南人,惯了劫坟。将棺材放在近所,截了一角为记,要人取赎,这贼意思,止不过说杜老先生闻知,定来取赎。想那棺材,只在左近埋下了。待俺寻看。(见介)咳呀,这草窝里不是硃漆板头?这不是大锈钉?开了去。天呵!小姐骨殖丢在那里?(望介)那池塘里浮着一片棺材。是了,小姐尸骨抛在池里去了。狠心的贼也。

【普天乐】问天天，你怎把他昆池碎劫无余在？又不欠观音锁骨连环债，怎丢他水月魂骸？乱红衣暗泣莲腮，似黑月重抛业海，待车干池水，捞起他骨殖来。怕浪淘沙碎玉难分派。到不如当初水葬无猜。贼眼脑生来毒害，那些个怜香惜玉，致命图财！凄锦哀玉，一时搦管俱到。先师云："虎兕出于柙，龟玉毁于椟中，典守者不得辞其责。"又是腐论语。俺如今先去禀了南安府缉拿。星夜往淮扬，报知杜老先生去。

【尾声】石虔婆，她古弄里金珠曾见来。柳梦梅，他做得个破周书汲冢才。小姐呵，你道他为甚么向金盖银墙做打家贼？

丘坟发掘当官路，韩　愈　春草茫茫墓亦无。白居易
致汝无辜由俺罪，韩　愈　狂眠恣饮是凶徒。僧子兰

【霜天晓角】[净引众上]英雄出众，鼓噪红旗动。三年绣甲锦蒙茸，弹剑把雕鞍斜鞚。“贼子豪雄是李全，忠心赤胆向胡天。靴尖踢倒长天堑，却笑江南土不坚。”俺溜金王奉大金之命，骚扰江淮三年。打听大金家兵粮凑集，将次南征，教俺淮扬开路，不免请出贱房计议。中军快请。（众叫介）大王叫箭坊。（老旦扮军人持箭上）箭坊俱已造完。（净笑恼介）狗才怎么说？（老旦）大王说，请出箭坊计议。（净）胡说！俺自请杨娘娘，是你箭坊？（老旦）杨娘娘是大王箭坊，小的也是箭坊。（净喝介）

【前腔】（丑上）帐莲深拥，压寨的阴谋重。（见介）大王兴也！你夜来鏖战好粗雄。困的俺垓心没缝。大王夫，俺睡倦了。请俺甚事商量？（净）闻得金主南侵，教俺攻打淮扬，以便征进。思想扬州有杜安抚镇守，急切难攻。如何是好？（丑）依奴家所见，先围了淮安，杜安抚定然赴救。俺分兵扬州，断其声援，于中取事。（净）高，高！娘娘这计，李全要怕了你。（丑）你哪一宗儿不怕了奴家！（净）罢了。未封王号时，俺是个怕老婆的强盗，封王之后，也要做怕老婆的王。（丑）着了。快起兵去攻打淮城。

【锦上花】（净）拨转磨旗峰，促紧先锋。千兵摆列，万马奔冲。鼓通通，鼓通通，噪的那淮扬动。

【前腔】（众）军中母大虫，绰有威风。连环阵势，烟粉牢笼。哈哄哄，哈哄哄，哄的淮扬动。（丑）溜金王听俺吩咐：军到处，不许你抢占半名妇女。如违，定以军法从事。（净）不敢。

（丑）日暮风沙古战场，王昌龄　（净）军营人学内家妆。司空图
（众）如今领帅红旗下，张建封　（众）擘破云鬟金凤凰。曹　唐

端甫

【唐多令】(生上)海月未尘埋,(旦上)新妆倚镜台。(生)卷钱塘风色破书斋。(旦)夫,昨夜天香云外吹,桂子月中开。"(生)夫妻客旅闷难开,(旦)待唤提壶酒一杯。(生)江上怒潮千丈雪,(旦)好似禹门平地一声雷。"(生)俺和你夫妻相随,到了临安京都地面。赁下一所空房,可以理会书史。争奈试期尚远,客思转深。如何是好?(旦)早上分付姑姑,买酒一壶,少解夫君之闷,尚未见回。(生)生受了,娘子。一向不曾话及:当初只说你是西邻女子,谁知感动幽冥,匆匆成其夫妇。一路而来,到今不曾请教。小姐可是见小生于道院西头?因何诗句上"不是梅边是柳边",是在柳梅边。就指定了小生姓名?这灵通委是怎的?(旦笑介)柳郎,俺说见你于道院西头是假。我前生呵!

【江儿水】偶和你后花园曾梦来,擎一朵柳丝儿要俺把诗篇赛。奴正题咏间,便和你牡丹亭上去了。(生笑介)可好哩?(旦笑介)咳,正好中间,落花惊醒。此后神情不定,一病奄奄。这是聪明反被聪明带,真诚不得真诚在,冤亲做下这冤亲债。一点色情难坏。再世为人,话做了两头分拍。

【前腔】(生)是话儿听的都呆答孩,则俺为情痴信及你人儿在。还则怕邪淫惹动阴曹怪。忌亡坟触犯阴阳戒。分书生领受阴人爱。勾的你色身无坏。出土成人,又看见这帝城风采。(净提酒上)"路从丹凤城边过。酒向金鱼馆内沽。"呀,相公、小姐不知:俺在江头沽酒,看见各处秀才,都赴选场去了。相公错过天大好事。(生、旦作忙介)(旦)相公只索快行。(净)这酒便是状元红了。

【小措大】(旦把酒介)喜的一宵恩爱,被功名二字惊开。好开怀这御酒三杯,放着四婵娟人月在。立朝马五更门外,听六街里喧传

人气概。七步才，蹬上了寒宫八宝台。沉醉了九重春色，便看花十里归来。

【前腔】(生)十年窗下，遇梅花冻九才开。夫贵妻荣八字安排。敢你七香车稳情载，六宫宣有你朝拜。五花诰封你非分外。论四德、似你那三从结愿谐，二指大泥金报喜。打一轮皂盖飞来。(旦)夫，我记的春容诗句来。

【尾声】盼今朝得傍你蟾宫客，你和俺陪精神金阶对策。高中了，同去访你丈人、丈母呵。则道俺从地窟里登仙那大喝采。

(旦)良人的的有奇才，刘　氏　(净)恐失佳期后命催。杜　甫

(生)红粉楼中应计日，杜审言　(合)遥闻笑语自天来。李　端

第四十出 仆侦

【孤飞雁】（净扮郭驼挑担上）世路平消长，十年事老头儿心上。柳郎君翰墨人家长。无营运，单承望，天生天养，果树成行。年深树老，把园围抛漾。你索在何方？好没主量。凄惶，趁上他身衣口粮。"家人做事兴，全靠主人命。主人不在家，园树不开花。"俺老驼一生依着柳相公种果为生。你说好不古怪，柳相公在家，一株树上摘百十来个果儿；自柳相公去后，一株树上生百十来个虫。便胡乱结几个儿，小厮们偷个尽。老驼无主，被人欺负。因此发个老狠，体探俺相公过岭北来了，在梅花观养病，直寻到此，早则南安府大封条封了观门。听的边厢人说，道婆为事走了，有个侄儿癞头鼋是小西门住。去寻问他。（行介）"抹过大东路，投至小西门。"（下）

【金钱花】（丑扮疙童披衣笑上）自小疙辣郎当，郎当。官司拿俺为姑娘，姑娘。尽了法，脑皮撞。得了命，卖了房。充小厮，串街坊。"若要人不知，除非己不为。"自家癞头鼋便是。这无人所在，表白一会。你说姑娘和柳秀才那事干得好，又走得好！只被陈教授那狗才，禀过南安府，拿了俺去。拷问俺："姑娘哪里去了？劫了杜小姐坟哩！"你道俺更不聪明，却也颇颇的。则掉着头不做声。那鸟官喝道："马不吊不肥，人不拶不直，把这厮上起脑箍来。"哎也，哎也，好不生疼！原来用刑人先捞了俺一架金钟玉磬，替俺方便，禀说这小厮夹出脑髓来了。那鸟官喝道："拈上来瞧。"瞧了，大鼻子一颩，颩音丢。说道："这小厮真个夹出脑浆来了。"他不知是俺癞头上脓。叫松了刑，着保在外。俺如今有了命，把柳相公送俺这件黑海青穿摆将起来。（唱介）摆摇摇，摆摇摇。没人所在，被俺摆过子桥。（净向前叫揖介）小官唱喏。（丑作不回揖，大笑唱介）俺小官子腰闪价，唱不的子喏。比似你个驼子唱喏，则当伸子个腰。（净）这贼种，开口伤人。难道做小官的背偏不驼？（丑）刮这驼子嘴，偷了你什么？贼？（净作认丑衣介）别的罢了。则这件衣服，岭南柳相公的，怎在你身上？（丑）咳呀，难道俺做小官的，就没件干净衣服，便是岭南柳家的？隔这般一道梅花岭，谁见俺偷来？（净）这衣带上有字。你还不认，叫地方。（扯丑作怕倒介）罢了，衣服还你去啰。（净）要哩！俺正要问一个人。（丑）谁？（净）柳秀才哪里去了？（丑）不知。（净三问）（丑三不知介）（净）你不说，叫地方去。（丑）罢了，大路头难好讲话，演武厅去。（行介）（净）好个僻静所在。（丑）咦，柳秀才倒有一个。可是你问的不是？你说得像，俺说；你说不像，休想叫地方，便到官司，俺也只是不说。（净）这小厮到贼。听俺道来：

【尾犯序】提起柳家郎，他俊白庞儿，典雅行藏。（丑）是了。多少年纪？（净）论仪表看他，三十不上。（丑）是了。你是他什么人？（净）他祖上、传留下俺栽花种粮。自小儿、俺看成他快长。（丑）原来你是柳大官。你几时别他，知他做出甚事来？（净）春头别，跟寻至此，闻说的不端详。（丑）这老儿说的一句句着。老儿，若论他做的事，咦！（丑作扯净耳语）（净听不见介）（丑）呸，左则无人，要他去。老儿你听着。

【前腔】他到此病郎当。逢着个杜太爷衙教小姐的陈秀才，勾引他养病庵堂，去后园游赏。（净）后来？（丑）一游游到小姐坟儿上。拾得一轴春容，朝思暮想，做出事来。（净）怎的来？（丑）秀才家为真当假，劫坟偷圹。（净惊介）这却怎了？（丑）你还不知。被那陈教授禀了官，围住观门。拖番柳秀才，和俺姑娘行了杖，棚琶拶压，不怕不招。点了供纸，解上江西提刑廉访司。问那六案都孔目，这男女应得何罪？六案请了律令，禀复道，但偷坟见尸者，依律一秋。（净）怎么秋？（丑作按净头介）这等秋。（净惊哭介）俺的柳秀才呵，老驼没处投奔了。（丑笑介）休慌。后来遇赦了。便是那杜小姐活转来哩。（净）有这等事！（丑）活鬼头还做了秀才正房，俺那死姑娘倒做了梅香伴当。（净）何往？（丑）临安去，送他上路，赏这领旧衣裳。（净）吓俺一跳。却早喜也！本等服色，家常饭，只觉受用不完。

【尾声】去临安定是图金榜。（丑）着了。（净）俺勒挣着躯腰走帝乡。

（丑）老哥，你路上精细些。现如今一路里画影图形捕凶党。

（净）寻得仙源访隐沦，朱　湾　（丑）郡城南下是通津。柳宗元

（净）众中不敢分明说，于　鹄　（丑）遥想风流第一人。王　维

【凤凰阁】(净扮苗舜宾引众上)九边烽火咤。秋水鱼龙怎化?广寒丹桂吐层花,谁向云端折下?(合)殿闱深锁,取试卷看详回话。起得眉抗。[集唐]"铸时天匠待英豪谭用之,引手何妨一钓鳌李咸用?报答春光知有处杜甫,文章分得凤凰毛元稹。"下官苗舜宾便是。圣上因俺香山能辨番回宝色,钦取来京典试。因金兵摇动,临轩策士,问和战守三者孰便?各房俱已取中头卷,圣旨着下官详定。想起来看宝易,看文字难。为什么来?俺的眼睛,原是猫儿睛,和碧绿琉璃水晶无二。因此一见真宝,眼睛火出。说起文字,俺眼里从来没有。如今却也奉旨无奈,左右,开箱取各房卷子上来。寓言也,诚言也。(众取卷上,净作看介)这试卷好少也。且取天字号三卷,看是何如。第一卷,"诏问:'和战守三者孰便?'臣谨对:'臣闻国家之和贼,如里老之和事。'"呀,里老和事,和不得,罢;国家事,和不来,怎了?本房拟他状元,好没分晓。且看第二卷,这意思主守。(看介)"臣闻天子之守国,如女子之守身。"也比的小了。再看第三卷,倒是主战。(看介)"臣闻南朝之战北,如老阳之战阴。"此语忒奇。但是《周易》有"阴阳交战"之说——以前主和,被秦太师误了。今日权取主战者第一,主守者第二,主和者第三。其余诸卷,以次而定。满口诨说,国情打趣,什么实心实政。

【一封书】(净)文章五色讹。怕冬烘头脑多。总费他墨磨,笔尖花无一个。恁这里龙门日月开无那,都待要尺水翻成一丈波。却也无奈了,也是浪桃花当一科,池里无鱼可奈何!(封卷介)轻薄死人。

【神仗儿】(生上)风尘战斗,风尘战斗,奇材辐辏。(丑)秀才来的停当,试期过了。(生)呀,试期过了。文字可进呈么?(丑)不进呈,难道等你?道英雄入彀,恰锁院进呈时候。(生)怕没有状元在里也哥。

(丑)不多,有三个了。(生)万马争先,偏骅骝落后。你快禀,有个遗才状元求见。(丑)这是朝房里面。府州县道,告遗才哩。(生)大哥,你真个不禀?(哭介)天呵,苗老先赍发俺来献宝。止不住卞和羞。对重瞳双泪流。(净听介)掌门的,这什么所在!拿过来。(丑扯生进介)(生)告遗才的。望老大人收考。(净)哎也,圣旨临轩,翰林院封进。谁敢再收?(生哭介)生员从岭南万里带家口而来。无路可投,愿触金阶而死。(生起触阶,丑止介)(净背介)这秀才像是柳生,真乃南海遗珠也。(回介)秀才上来。可有卷子?(生)卷子备有。(净)这等,姑准收考,一视同仁。(生跪介)千载奇遇。(净念题介)"圣旨:'问汝多士,近闻金兵犯境,惟有和战守三策。其便何如?'"(生叩头介)领圣旨。(起介)(丑)东席舍去。(生写策介)(净再将前卷细看介)头卷主战,二卷主守,三卷主和,主和的怕不中圣意。(生交卷,净看介)呀,风檐寸晷,立扫千言。可敬,可敬。俺急忙难看。只说和战守三件,你主哪一件儿?(生)生员也无偏主。可战可守而后能和。如医用药,战为表,守为里,和在表里之间。也还他个诨喻。(净)高见,高见。则当今事势何如?

【马蹄花】(生)当今呵,宝驾迟留,则道西湖画锦游。为三秋桂子,十里荷香,一段边愁。则愿的"吴山立马"那人休。俺燕云唾手何时就?若止是和呵,小朝廷羞煞江南。便战守呵,请銮舆略近神州。(净)秀才言之有理。

【前腔】圣主垂旒,想泣玉遗珠一网收。对策者千余人,那些不知时务,未晓天心,怎做儒流。似你呵,三分话点破帝王忧,万言策检尽乾坤漏。(生)小生岭南之士。(净低介)知道了。你钓竿儿拂绰了珊瑚,敢今番着了鳌头。秀才,午门外候旨。(生应出,背介)这试官却是苗老大人。嫌疑之际,不敢相认。"且当青镜明开眼,惟愿朱衣暗点头。"(生下)(净)试卷俱已详定。左右跟随进呈去。(行介)"丝纶阁下文章静,钟鼓楼中刻漏长。"呀,那里鼓响?(内急擂鼓介)(丑)是枢密府楼前边报鼓。(内马嘶介)(净)边报警急。怎了,怎了?(外扮老枢密上)"花萼夹城通御气。芙蓉小苑入边愁。"(见介)(净)老先生奏边事而来?(外)便是。先生为进卷而来？(净)正是。妙恰。(外)今日之事，以缓急为先后，僭了。(外叩头奏事介)掌管天下兵马知枢密院事臣谨奏俺主。(内宣介)所奏何事？

【滴溜子】(外)金人的、金人的风闻入寇。(内)谁是先锋？(外)李全的、李全的前来战斗。(内)到什么地方了？(外)报到了淮扬左右。(内)何人可以调度？(外)有杜宝现为淮扬安抚。怕边关早晚休，要星忙厮救。(净叩头奏事介)臣看卷官苗舜宾谨奏俺主。

【前腔】临轩的、临轩的文章看就，呈御览、呈御览定其卷首。黄道日、传胪祗候。众多官在殿头，把琼林宴备久。(内)奏事官午门外伺候。(外、净同起介)(净)老先生，听的金兵为何而动？(外)适才不敢奏知。金主此行，单为来抢占西湖美景。(净)痴鞑子，西湖是俺大家受用的。若抢了西湖去，这杭州通没用了。(内宣介)听旨：朕惟治天下，有缓有急，乃武乃文，今淮扬危急，便着安抚杜宝前去迎敌。不可有迟。其传胪一事，待干戈宁辑，偃武修文。可谕知多士。叩头。(外、净叩头呼“万岁”起介)

(外)泽国江山入战图，曹　松　(净)曳裾终日盛文儒。杜　甫
(外)多才自有云霄望，钱　起　(净)其奈边防重武夫。杜　牧

第四十二出 移镇

【夜游朝】(外扮杜安抚引众上)西风扬子津头树,望长淮渺渺愁予。枕障江南,钩连塞北。如此江山几处? 悲壮雄贴。【诉衷情】砧声又报一年秋。江水去悠悠。塞草中原何处?一雁过淮楼。　　天下事,鬓边愁,付东流。不分吾家小杜,清时醉梦扬州。自家淮扬安抚使杜宝。自到扬州三载,虽则李全骚扰,喜得大势平安。昨日打听边兵要来,下官十分忧虑。可奈夫人不解事,偏将亡女絮伤心。

【似娘儿】(老旦引贴上)夫主掣兵符,也相从燕幕栖迟,(叹介)画屏风外秦淮树。看两点金焦,十分眉恨,片影江湖。(老旦)相公万福。(外)夫人免礼。【玉楼春】(老旦)相公:"几年别下南安路,春去秋来朝复暮。(外)空怀锦水故乡情,不见扬州行乐处。(老旦)你摩挲老剑评今古,哪个英雄闲处住?(泪介)(合)忘忧恨自少宜男,泪洒岭云江外树。"(老旦)相公,我提起亡女,你便无言。岂知俺心中愁恨!一来为苦伤女儿,二来为全无子息。待趁在扬州寻下一房,与相公传后,尊意何如?(外)使不得,部民之女哩。(老旦)这等,过江金陵女儿可好?(外)当今王事匆匆,何心及此。(老旦)苦煞俺丽娘儿也!(哭介)(净扮报子上)"诏从日月威光远,兵洗江淮杀气高。"禀老爷,有朝报。(外起看报介)枢密院一本,为边兵寇淮事,奉圣旨:便着淮扬安抚使杜宝,刻日渡淮,不许迟误。钦此。呀,兵机紧急,圣旨森严。夫人,俺同你移镇淮安,就此起程也。(丑扮驿丞上)"羽檄从参赞,牙签报驿程。"禀老爷,船只齐备。(内鼓吹介)(上船介)(内禀"合属官吏候送",外分付"起去"介)(外)夫人,又是一江秋色也。

【长拍】天意秋初,天意秋初,金风微度,城阙外画桥烟树。看初收泼火,嫩凉生,微雨沾裾。移画舸浸蓬壶。报潮生、风气肃,浪花飞吐，点点白鸥飞近渡。风定也，落日摇帆映绿蒲，白云秋窣的鸣箫鼓。何处菱歌，唤起江湖？（外）呀，岸上跑马的什么人？

【不是路】（末扮报子，跑马上）马上传呼，慢橹停船看羽书。（外）怎的来？（末）那淮安府，李全将次逞狂图。（外）可发兵守御么？（末）怎支吾？星飞调度凭安抚。则怕这水路里耽延，你还走旱途。（外）休惊惧。夫人，吾当走马红亭路；你转船归去、转船归去。（老旦）咳，后面报马又到哩。

【前腔】（丑扮报子上）万骑胡奴，他要堑断长淮塞五湖。老爷快行，休迟误。小的先去也。怕围城缓急要降胡。（下）（老旦哭介）待何如？你星霜满鬓当戎虏，似这烽火连天各路衢。（外）真愁促，怕扬州隔断无归路。再和你相逢何处、相逢何处？夫人，就此告辞了。扬州定然有警，可径走临安。

【短拍】老影分飞，老影分飞，似参军杜甫，把山妻泣向天隅。（老旦哭介）无女一身孤，乱军中别了夫主。（合）有什么命夫命妇，都是些鳏寡孤独！生和死，图的个梦和书。

【尾声】（老旦）老残生两下里自支吾。（外）俺做的是这地头军府。（老旦）老爷也，珍重你这满眼兵戈一腐儒。（外下）（老旦叹介）天呵，看扬州兵火满道。春香，和你径走临安去也。

隋堤风物已凄凉，吴　融　楚汉宁教作战场，韩　偓
闺阁不知戎马事，薛　涛　双双相趁下残阳。罗　邺

【六幺令】(外引生、末、众扮军人上)西风扬噪,漫腾腾杀气兵妖。望黄淮秋卷浪云高。排雁阵,展《龙韬》,断重围杀过河阳道。(外)走乏了！众军士,前面何处?(众)淮城近了。(外望介)天呵！【昭君怨】"剩得江山一半,又被胡笳吹断。(众)秋草旧长营,血风腥。(外)听得猿啼鹤怨,泪湿征袍如汗。(众)老爷呵！无泪向天倾,且前征。"(外)众三军,俺的儿,你看咫尺淮城,兵势危急。俺们一边舍死先冲入城,一面奏请朝廷添兵救助。三军听吾号令,鼓勇而行。(众哭应介)谨如军令。

【四边静】(行介)坐鞍心把定中军号,四面旌旗绕,旗开日影摇,尘迷日光小。(合)胡兵气骄,南兵路遥,血晕几重围,孤城怎生料！(外)前面寇兵截路,冲杀前去。(合下)

【前腔】(净引丑,贴扮众军喊上)李将军射雁穿心落,豹子翻身嚼。单尖宝镫挑,把追风腻旗儿袅。(合前)(净笑介)你看俺溜金王手下,雄兵万余,把淮阴城围了七周遭。好不紧也！(内擂鼓喊介)(净)呀,前路兵风,想是杜安抚来到。分兵一千,迎杀前去。(虚下)(外、众唱"合前"上,净众上打话,单战介)(净叫众摆长阵拦路介)(外叫"众军,冲围杀进城去"介)(净)呀,杜家兵冲入围城去了。且由他。吃尽粮草,自然投降也。(合前)(下)

【番卜算】(老旦、末扮文官上)镇日阵云飘,闪却乌纱帽。(净、丑扮武官上)(净)长枪大剑把河桥。(丑)鼓角如龙叫。(见介)请了。(更漏子)(老旦)"枕淮楼,临海际。(末)杀气腾天震地。(丑)闻炮鼓,使人惊。插天飞不成。(净)匣中剑,腰间箭,领取背城一战。(合)愁地道,怕天冲。几时来杜公?"(老旦)俺们是淮安府行军司马,和这参谋,都是文官。遭此

一鳳

贼兵围紧，久已迎接安抚杜老大人，还不见到。敢问二位留守将军，有何计策？（丑）依在下所见，降了他罢。（末）怎说这话？（丑）不降，走为上计。（老旦）走的一个，走不的十个。（丑）这般说，俺小奶奶那一口放那里？（净）锁放大柜子里。（丑）钥匙哩？（净）放俺处。李全不来，替你托妻寄子。（丑）李全来哩？（净）替你出妻献子。（丑）好朋友，好朋友！（内擂鼓喊介）（生扮报子上）报，报，报。正南一枝兵马，破围而来。杜老爷到也。（众）快开城门迎接去。"天地日流血，朝廷谁请缨。"（众并下）

【金钱花】（外引众上）连天杀气萧条，萧条。连城围了周遭，周遭。风喇喇，阵旗飘。叫开城，下吊桥。（老旦等上）（合）文和武，索迎着。（老旦等跪介）文武官属，迎接老大人。（外）起来，敌楼相见。（老旦等应，起下）

【前腔】（外）胡尘染惹征袍，征袍。血花风腥宝刀，宝刀。（内擂鼓介）淮安鼓，扬州箫。摆鸾旗，登丽谯。（合）排衙了，列功曹。（到介）（贴扮办事官上）禀老爷升堂。

【粉蝶儿引】（外）万里寄龙韬，哪得戍楼清啸？（贴报门介）文武官属进。（老旦等参见介）孤城累卵，方当万死之危；开府弄丸，来赴两家之难。凡俺官僚，礼当拜谢。（外）兵锋四起，劳苦诸公，皆老夫迟慢之罪，只长揖便了。（众应起揖介）（外）看来此贼颇有兵机。放俺入城，其中有计。（众）不过穿地道，起云梯，下官粗知备御。（外）怕的是锁城之法耳。（丑）敢问何谓锁城？是里面锁，外面锁？外面锁，锁住了溜金王；若里面锁，连下官都锁住了。（外）不提起罢了。城中兵几何？（净）一万三千。（外）粮草几何？（末）可支半年。（外）文武同心，救援可待。（内擂鼓喊介）（生扮报子上）报，报，李全兵紧围了。（外长叹介）这贼好无理也。

【划锹儿】兵多食广禁围绕，则要你文班武职两和调。（众）巡城彻昏晓，这军民苦劳。（内喊介）（泣介）（合）那兵风正号，俺军声静悄。

（外拜天，众扶同拜介）泪洒孤城，把苍天暗祷。

【前腔】（众）危楼百尺堪长啸，筹边两字寄英豪。（外）江淮未应小，君侯佩刀。（合前）（外）从今日起，文官守城，武官出城，随机策应。（丑）则怕大金家兵来了。（外）金兵呵！

【尾声】他看头势而来不定交，休先倒折了赵家旗号。便来呵，也少不得死里求生那一着敲。

（净）日日风吹虏骑尘，陈　标　（丑）三千犀甲拥朱轮。陈　陶
（外）胸中别有安边计，曹　唐　（众）莫遣功名属别人。张　籍

【菊花新】(旦上)晓妆台圆梦鹊声高,闲把金钗带笑敲。博山秋影摇,盼泥金俺明香暗焦。"鬼魂求出世,贫落望登科。夫荣妻贵显,凝盼事如何?"俺杜丽娘跟随柳郎科试,偶逢天子招贤,只这些时还迟喜报。正是:"长安咫尺如千里,夫婿迢遥第一人。"

【出队子】(生上)词场凑巧,无奈兵戈起祸苗。盼泥金赚杀玉多娇,他待地窟里随人上九霄。一脉离魂,江云暮潮。(见介)(旦)柳郎,你回来了。望你高车昼锦,为何徒步而回?(生)听俺道来:

【瓦盆儿】去迟科试,收场锁院散群豪。(旦)咳,原来去迟了,(生)喜逢着旧知交。(旦)可曾补上?(生)亏他满船明月又把去珠淘。(旦喜介)好了。放榜未?(生)恰正在奏龙楼,开凤榜,蹊跷……(旦)怎生蹊跷?(生)你不知大金家兵起,杀过淮扬来了。忙喇煞细柳营,权将杏苑抛,刚则迟误了你夫人花诰。(旦)迟也不争几时。则问你,淮扬地方,便是俺爹爹管辖之处了?(生)便是。(旦哭介)天也,俺的爹娘怎了!(泣介)(生)直恁的活擦擦、痛生生,肠断了。比如你在泉路里可心焦?(旦)罢了。奴有一言,未忍启齿。(生)但说不妨。(旦)柳郎,放榜之期尚远,欲烦你淮扬打听爹娘消耗,未审许否?(生)谨依尊命。奈放小姐不下。(旦)不妨,奴家自会支吾。(生)这等就此起程了。

【榴花泣】(旦)白云亲舍,俺孤影旧梅梢。道香魂恁寂寥,怎知魂向你柳枝销。淮扬千里,长是一灵飘。回生事少,爹娘呵,听的俺活在人间惊一跳。平白地凤婿过门,好似半青天鹊影成桥。

端甫

【前腔】（生）俺且行且止，两处系心苗。要留旅店伴多娇……（旦）有姑姑为伴。（生）阴人难伴你这冷长宵。恶谑。把心儿不定，还怕你旧魂飘。（旦）再不飘了。（生）俺文高中高，怕一时榜下归难到。（旦泣介）俺爹娘呵！（生）你念双亲舍的离情，俺为半子怎惜攀高。小姐，卑人拜见岳翁岳母，起头便问及回生之事了。

【渔家灯】（旦叹介）说的来似怪如妖，怕爹爹执古妆乔。（想介）有了，将奴春容带在身旁。但见了一幅春容，少不的问俺两下根苗。（生）问时怎生打话？（旦）则说是天曹，偶然注定的姻缘到，蓦踏着墓坟开了。（生）说你先到俺书斋才好。（旦羞介）休乔，这话教人笑。略说与梅香贼牢。就春容上出支节，生意勃勃。

【前腔】（生）俺满意儿待驷马过门，和你离魂女同归气高。谁承望探高亲去傍干戈，怕寒儒欠整衣毛。（旦）女婿老成些不妨。则途路孤栖，使奴挂念。（生）秋霄，云横雁字斜阳道，向秦淮夜泊魂销。（旦）夫，你去时冷落些，回来报中状元呵……（生）名标，大拜门喧笑，抵多少驸马还朝。（净上）"雨伞晴兼雨，春容秋复春。"包袱雨伞在此。

【尾声】（拜别介）（旦）秀才郎探的个门楣著。（生）报重生这欢声不小。（旦）柳郎，那里平安了便回，休只顾的月明桥上听吹箫。又防余醋，暗答魂飘。

（生）不为经时谒丈人，刘　商　（旦）囊无一物献尊亲。杜　甫
（生）马蹄渐入扬州路，章孝标　（旦）两地各伤无限神。元　稹

【包子令】（老旦、外扮贼兵巡哨上）大王原是小喽罗，喽罗。娘娘原是小旗婆，旗婆。立下个草朝忒快活，亏心又去抢山河。（合）转巡逻，山前山后一声锣。兄弟，大王爷攻打淮城，要个人见杜安抚打话。大路头影儿没一个，小路头寻去（唱前合下）。

【驻马听】（末雨伞、包袱上）家舍南安，有道为生新失馆。要腰缠十万，教学千年，方才满贯。俺陈最良为报杜小姐之事，扬州见杜安抚大人。谁知他淮安被围，教俺没前没后。大路上不敢行走，抄从小路而去。学先师传食走胡旋，怯书生避寇遭涂炭。你看树影凋残，猿啼虎啸教人叹。（老、外上）“明知山有虎，故向虎边行。”乌汉哪里去？（拿介）（末）饶命，大王，（外）还有个大王哩。（末）天，天怎了！正是：“乌鸦喜鹊同行，吉凶全然未保。”（并下）

【普贤歌】（净、丑众上）莽乾坤生俺贼儿顽，谁道贼人胆里单！南朝俺不蛮，北朝俺不番。甚天公有处安排俺？（净）娘娘，俺和你围了淮安许时，只是不下。要得个人去淮安打话，兼看杜安抚动定如何。则眼下无人可使哩。（丑）必得杜老儿亲信之人，将计就计，方才可行。

【粉蝶儿】（外绑末上）没路走羊肠，天、天呵，撞入这屠门怎放！（见介）（外）禀大王，拿的个南朝汉子在此。（净）是个老儿。何方人氏？作何生理？（末）听禀：

【大迓鼓】生员陈最良，生员字妙。南安人氏，访旧淮扬。（净）访谁？（末）便是杜安抚。他后堂曾设扶风帐。（丑）你原来他衙中教学。几

个学生？（末）则他甄氏夫人，单生下一女。**女书生年少亡**。（丑）还有何人？（末）**义女春香，夫人伴房**。（丑笑背介）一向不知杜老家中事体。今日得知，吾有计矣。（回介）这腐儒，且带在辕门外去。（众应，押末下介）（丑）大王，奴家有了一计。昨日杀了几个妇人，可于中取出首级二颗。则说杜家老小，回至扬州，被俺手下杀了。献首在此。故意苏放那腐儒，传示杜老。杜老心寒，必无守城之意矣。（净）高见，高见。（净起低声分付介）叫中军。（生扮上）（净）俺请那腐儒讲话中间，你可将昨日杀的妇人首级二颗来献，则说是杜安抚夫人甄氏和他使女春香。牢记着。（生应下）（净）左右，再拿秀才来见。（众押末上介）（末）饶命，大王。（净）你是个细作，不可轻饶。（丑）劝大王松了他，听他讲些兵法倒好。（净）也罢。依娘娘说，松了他。（众放末缚介）（末叩头介）叩谢大王、娘娘不杀之恩。（净）起来，讲些兵法俺听。（末）卫灵公问陈于孔子，孔子不对。说道："吾未见好德如好色者也。"（净）这是怎么说？（末）则因彼时卫灵公有个夫人南子同座，先师所以怕得讲话。（净）他夫人是南子，俺这娘娘是妇人。呆意。（内擂鼓，生扮报子上介）报，报，报！扬州路上兵马，杀了杜安抚家小，径来献首级讨赏。（净看介）则怕是假的。（生）千真万真。夫人甄氏，这使女叫做春香。（末做看认，惊哭介）天呵，真个是老夫人和春香也。（净）哇，腐儒啼哭什么！还要打破淮城，杀杜老儿去。（末）饶了罢，大王。（净）要饶他，除非献了这座淮安城罢。（末）这等容生员去传示大王虎威，立取回报。（丑）大王恕你一刀，腐儒快走。（内擂鼓发喊，开门介）（末作怕介）

【尾声】显威风、记的这**溜金王**。（净、丑）你去说与杜安抚呵，着什么**耀武扬威早纳降**。俺实实的**要展江山、非是谎**。（下）（末打躬送介）（吊场）活强盗，活强盗。杀了杜老夫人、春香。不免城中报去。

海神东过恶风回，李　白　**日暮沙场飞作灰**。常　建
今日山翁旧宾主，刘禹锡　**与人头上拂尘埃**。李山甫

【破阵子】(外戎装佩剑,引众上)接济风云阵势,侵寻岁月边陲。(内擂鼓喊介)(外叹介)你看虎咆般炮石连雷碎,雁翅似刀轮密雪施。李全,李全,你待要霸江山、吾在此。铿然。[集唐]"谁能谈笑解重围皇甫冉?万里胡天鸟不飞高骈。今日海门南畔事高骈,满头霜雪为兵机韦庄。"我杜宝自到淮扬,即遭兵乱,孤城一片,困此重围。只索调度兵粮,飞扬金鼓。生还无日,死守由天。潜坐敌楼之中,追想靖康而后。中原一望,万事伤心。

【玉桂枝】问天何意:有三光不辨华夷,把腥膻吹换人间,这望中原做了黄沙片地?(恼介)猛冲冠怒起,猛冲冠怒起,是谁弄的,江山如是?(叹介)中原已矣,关河困,心事违。也则愿保扬州,济淮水。俺看李全贼数万之众,破此何难?进退迟疑,其间有故。俺有一计可救围,恨无人与游说。(内擂鼓介)(净扮报子上)"羽檄场中无雁到,鬼门关上有人来",好笑,城围的铁桶似紧,有秀才来打秋风,则索报去,禀老爷:有个故人相访。(外)敢是奸细?(净)说是江右南安府陈秀才。(外)这迂儒怎生飞的进来?快请见。

【浣溪沙】(末上)摆旌旗,添景致,又不是闹元宵鼓炮齐飞。杜老爷在哪里?(外出笑迎介)忽闻的千里故人谁?(叹介)原来是先生到此。教俺惊垂泪。(末)老公相头通白了。(合)白首相看俺与伊,三年一见愁眉。(拜介)(末)[集唐]"头白乘驴悬布囊卢纶,(外)故人相见忆山阳谭用之。(末)横塘一别千余里许浑,(外)却认并州作故乡贾岛。"(末)恭谂公相,又苦伤老夫人回扬州,被贼兵所算了。(外惊介)怎知道?(末)生员在贼营中,眼同验过老夫人首级,和春香都杀了。(外哭介)天呵,痛煞俺也!布迁景接板意。

鳴岐

【玉桂枝】相夫登第，表贤名甄氏吾妻。称皇宣一品夫人，又待伴俺立双忠烈女。想贤妻在日，想贤妻在日，凄然垂泪，俨然冠帔。(外哭倒，众扶介)(末)我的老夫人，老夫人怎了！你将官们也大家哭一声儿么！(众哭介)老夫人呵！(外作恼拭泪介)呀，好没来由！夫人是朝廷命妇，骂贼而死，理所当然。我怎为她乱了方寸，灰了军心？身为将，怎顾的私？任恓惶，百无悔。陈先生，溜金王还有话么？(末)不好说得，他还要杀老先生。(外)咳，他杀俺甚意儿？俺杀他全为国。腐实形至。(末)依了生员，两下都不要杀。(做扯外耳语介)那溜金王要这座淮安城。(外)噤声！那贼营中是一个座位，是两个座位？(末)他和妻子连席而坐。(外笑介)这等，吾解此围必矣。先生竟为何来？(末)老先生不问，几乎忘了。为小姐坟儿被盗，径来相报。(外惊介)天呵！冢中枯骨，与贼何仇？都则为那些宝玩害了也。贼是谁？(末)老公相去后，道姑招了个岭南游棍柳梦梅为伴。见物起心，一夜劫坟逃走。尸骨丢在池水中。因此不远千里而告。(外叹介)女坟被发，夫人遭难。正是："未归三尺土，难保百年身。既归三尺土，难保百年坟。"也索罢了，则可惜先生一片好心。(末)生员拜别老公相后，一发贫薄了。(外叹介)军中仓卒，无以为情。我把一大功劳，先生干去。(末)愿效劳。(外)我久写下咫尺之书，要李全解散三军之众。余无可使，烦公一行。左右，取过书仪来。倘说得李全降顺，便可归奏朝廷，自有个出身之处。(杂取书礼介)"儒生三寸舌，将军一纸书。"书仪在此。(末)途费谨领。送书一事，其实怕人。(外)不妨。

【榴花泣】兵如铁桶，一使在其中。将折简、去和戎。陈先生，你志诚打的贼儿通。虽然寇盗奸雄，他也相机而动。(末)恐游说非书生之事。(外)看他开围放你来，其意可知。你这书生正好做传书用。(末)仗恩台一字长城，借寒儒八面威风。(内鼓吹介)

【尾声】戍楼羌笛话匆匆。事成呵，你归去朝廷沾寸宠，这纸书敢则是保障江淮第一封。

(外)隔河征战几归人？刘长卿　(末)五马临流待幕宾。卢　纶
(外)劳动先生远相访，王　建　(末)恩波自会惜枯鳞。刘长卿

【出队子】(贴扮通事上)一天之下,南北分开两事家。中间放着个蓼儿洼,明助着番家打汉家。通事中间,拨嘴撩牙。事有足诧,理有必然。自家溜金王麾下一名通事便是。好笑,好笑,俺大王助金围宋,攻打淮城。谁知北朝暗地差人去到南朝讲话!正是:"暂通禽兽语,终是犬羊心。"(下)

【双劝酒】(净引众上)横江虎牙,插天鹰架。擂鼓扬旗,冲车甲马。把座锦城墙、围的阵云花。杜安抚、你有翅难加。自家溜金王。攻打淮城,日久未下。外势虽然虎踞,中心未免狐疑。心有所疑,凡事必多顾忌,李全只一疑心便是纳降之本,不待番使怒时也。一来怕南朝大兵兼程策应,二来怕北朝见责委任无功:真个进退两难。待娘娘到来计议。(丑上)"驱兵捉将蚩尤女,捏鬼妆神豹子妻。"大王,你可听见大金家有人南朝打话,回到俺营门之外了?(净)有这事?(老旦扮番将带刀骑马上)

北【夜行船】大北里宣差传站马,虎头牌滴溜的分花。(外扮马夫赶上介)滑了,滑了。(老旦)那古里谁家?跑番了拽喇。怎生呵,大营盘没个人儿答煞。(外大叫介)溜金爷,北朝天使到来。(下)(净、丑作慌介)快叫通事请进。(贴上,接跪介)溜金王患病了,请那颜进。(老旦)可才、可才道句儿克卜喇。(下马,上坐介)都儿都儿。(净问贴介)怎么说?(贴)恼了。(净、丑举手,老旦做恼不回介)(指净介)铁力温都答喇。(净问贴介)怎说?(贴)不敢说,要杀了。(净)却怎了?(老旦做看丑笑介)忽伶忽伶。(丑问贴介)(贴)叹娘娘生的妙。(老旦)克老克老。(贴)说走渴了。(老旦手足做忙介)兀该打剌。(贴)叫马乳酒。(老旦)约儿兀只。(贴)要烧羊肉。(净叫介)快取羊肉、乳酒来。(外持酒肉上)(老旦洒酒,取刀割羊肉吃,笑,将羊油手擦胸介)一六兀剌的。(贴)不恼了,说有礼体。(老旦作醉介)锁陀八,锁陀八。(贴)说醉了。(老旦

作看丑介)倒喇倒喇。(丑笑介)怎说?(贴)要娘娘唱个曲儿。(丑)使得,以番语作诨,非但新人听闻,亦为后讨毛克喇处得蕴藉也。从杨妈妈身上生情发诨,妙在先安顿此忽伶,一叹。

北【清江引】呀,哑观音觑着个番答辣,胡芦提笑哈。兀那是都麻,请将来岸答。撞门儿一句咬儿只不毛古喇。通事,我斟一杯酒,你送与他。(贴作送酒介)阿阿儿该力。(丑)通事,说什么?(贴)小的禀娘娘送酒。(丑)着了。(老旦作醉,看丑介)孛知,孛知。(贴)又央娘娘舞一回。(丑)使得,取我梨花枪过来。看上杨妈妈,无可致辞,要唱一回,舞一间,皆有苦心在。

【前腔】(持枪舞介)冷梨花点点风儿刮,袅得腰身乍。胡旋儿打一车,花门折一花。把一个睃啜老那颜风势煞。(老旦反背,拍袖笑倒介)忽伶忽伶。(贴扶起老旦介)(老旦摆手倒地介)阿来不来。(贴)这便是唱喏,叫唱一直。(老旦笑点头招丑介)哈嗽哈嗽。(贴)要问娘娘。(丑笑介)问什么?(老旦扯丑轻说介)哈嗽哈嗽兀该毛克喇,毛克喇。(丑笑问贴介)怎说?(贴作摇头介)问娘娘讨件东西。(丑笑介)讨甚么?(贴)通事不敢说。(老旦笑倒介)古鲁古鲁。(净背叫贴问介)他要娘娘什么东西?古鲁古鲁不住的。(贴)这件东西,是要不得的。便要时,则怕娘娘不舍的。便是娘娘舍的,大王也不舍的。便大王舍的,小的也不舍的。(净)甚东西,直恁舍不的?(贴)他这话到明,哈嗽兀该毛克喇,要娘娘有毛的所在。(净作恼介)气也,气也。这臊子好大胆,快取枪来。(净作持花枪赶杀介)(贴扶醉老旦走,老旦提酒壶叫"古鲁古鲁"架住枪介)李贼还有此一时意气,所以能归南朝,不终为番人也。

北【尾】(净)你那醋葫芦指望把梨花架,臊奴,铁围墙敢靠定你大金家。(搦倒老旦介)则踹着你那几茎儿苫嘴的赤支砂,把那咽腥臊的嗉子儿生揢杀。(丑扯住净,放老旦介)(老旦)曳喇曳喇哈哩。(指净介)力娄吉丁母刺失,力娄吉丁母刺失。(作闪袖走下介)(净)气杀我也。那曳喇哈的什么?(贴)叫引马的去。(净)怎指着我力娄吉丁母刺失?(贴)这要奏过他主儿,叫人来相杀。(净作恼介)(丑)老大王,你可也当着不着的。（净）啐，着了你那毛克喇哩。（丑）便许他在那里，你却也忒拈酸。（净不语介）正是我一时风火性。大金家得知，这溜金王到有些欠稳。（丑）便是番使南朝而回，未必其中无话。（净）娘娘高见何如？（丑）容奴家措思。（内擂鼓介）（贴扮报子上）报，报，报！前日放去的秀才，从淮城中单马飞来。道有紧急，投见大王。（丑）恰好，着他进来。番使南回最好，凡事总不可无机会。

【缕缕金】（末上）无之奈，可如何！书生承将令，强喽啰。（内喊，末惊跌介）一声金炮响，将人跌蹉。可怜、可怜！密札札干戈，其间放着我。（贴唱门介）生员进。（末见介）万死一生生员陈最良百拜大王殿下，娘娘殿下。入万死一生之地，不放生员，二字的是腐儒。（净）杜安抚献了城池？（末）城池不为希罕，敬来献一座王位与大王。（净）寡人久已为王了。（末）正是官上加官，职上添职。杜安抚有书呈上。（净看书介）"通家生杜宝顿首李王麾下。"（问末介）秀才，我与杜安抚有何通家？（末）汉朝有个李、杜至交，唐朝也有个李、杜契友，因此杜安抚斗胆称个通家。（净）这老儿好意思。书有何言？

【一封书】（读书介）"闻君事外朝，虎狼心，难定交，肯回心圣朝，保富贵，全忠孝。全忠孝，为事外朝辈猛然提醒，然未必知了，故先以"保富贵"三字助之。平梁取采须收好，背暗投明带早超。凭陆贾，说庄跻。颙望麾慈即鉴昭。"（笑介）这书劝我降宋，其实难从。"外密启一通，奉呈尊阃夫人。"（笑介）杜安抚也畏敬娘娘哩。（丑）你念我听。（净看书介）"通家生杜宝敛衽杨老娘娘帐前。"咳也，杜安抚与娘娘，又通家起来。（末）大王通得去，娘娘也通得去。（净）也通得去。只汉子不该说敛衽。（末）娘娘肯敛衽而朝，安抚敢不敛衽而拜！（丑）说的好。细念我听。（净念书介）"通家生杜宝敛衽杨老娘娘帐前：远闻金朝封贵夫为溜金王，并无封号及于夫人。此何礼也？杜宝久已保奏大宋，敕封夫人为讨金娘娘之职。伏惟妆次鉴纳。不宣。"密启妙，即曲逆解白登意，然终不免哄杨妈妈退兵之讥，只一通名便寓嘲讽不浅。好也，倒先替娘娘讨了恩典哩。（丑）陈秀才，封我讨金娘娘。难道要我征讨大金家不成？（末）受了封诰后，但是娘娘要金子，都来宋朝取用。因此叫做讨金娘娘。（丑）这等是你宋朝美意。

以南子为男子，合以宋朝对之。（末）不说娘娘，便是卫灵公夫人，也说宋朝之美。（丑）依你说，我冠儿上金子，成色要高。我是带盔儿的娘子。近时人家首饰浑脱，就一个盔儿，要你南朝照样打造一付送我。（末）都在陈最良身上。（净）你只顾讨金讨金，把我这溜金王，溜在哪里？（丑）连你也做了讨金王罢。（净）谢承了。（末叩头介）则怕大王、娘娘退悔。（丑）俺主意定了。便写下降表，赍发秀才回奏南朝去。

【前腔】（净）归依大宋朝，怕金家成祸苗。（丑）秀才，你担承这遭，要黄金须任讨。（末）大王，你鄱阳湖磬响收心早，娘娘，你黑海岸回头星宿高。（合）便休兵，随听招。免的名标在叛贼条。（净）秀才，公馆留饭。星夜草表送行。（举手送末，拜别介）

【尾声】（净）咱比李山儿何足道，这杨令婆委实高。（末）带了你这一纸降书，管取那赵官家欢笑倒。（末下）（净、丑吊场）（净）娘娘，则为失了一边金，得了两条王。人要一个王不能够，俺领下两个王号。岂不乐哉！（丑）不要慌，还有第三个王号。（净）什么王号？（丑）叫做齐肩一字王。（净）怎么？（丑）杀哩。（净）随顺他，又杀什么？（丑）你俺两人作这大贼，全仗金鞑子威势。如今反了面，南朝拿你何难。（净作恼介）哎哟，俺有万夫不当之勇，何惧南朝！（丑）你真是个楚霸王，不到乌江不止。（净）胡说！便作俺做楚霸王，要你做虞美人，定不把赵康王占了你去。（丑）罢，你也做楚霸王不成，奴家的虞美人也做不成。换了题目做。（净）什么题目？（丑）范蠡载西施。（净）五湖在哪里？——去做海贼便了。又生出诨，语转到入海，总不见递接之痕。（丑作分付介）众三军，俺已降顺了南朝，暂解淮围，海上伺候去。（众应介）解围了。（内鼓介）船只齐备了，禀大王起行。（众行介）

【江头送别】淮扬外，淮扬外，海波摇动，东风劲，东风劲，锦帆吹送。夺取蓬莱为巢洞，鳌背上立着旗峰。

【前腔】顺天道，顺天道，放些儿闲空。招安后，招安后，再交兵言重。险做了为金家伤炎宋。权袖手，做个混海痴龙。（众）禀大王，娘娘，出海了。（净）且下了营，天明进发。

（净）干戈未定各为君，许　浑　（丑）龙斗雌雄势已分。常　建

（净）独把一麾江海去，杜　牧　（众）莫将弓箭射官军。窦　巩

【十二时】（旦上）不住的相思鬼，把前身退悔。土臭全消，肉香新长。两言安顿活现。嫁寒儒客店里孤栖。（净上）又着他攀高谒贵。**【浣溪沙】**（旦）寂寞变窗冷簟纹，（净）明珰玉枕旧香尘，（旦）断潮归去梦郎频。（净）桃树巧逢前度客，（旦）翠烟真是再来人，（合）月高风定影随身。（旦）姑姑，奴家喜得重生，嫁了柳郎。只道一举成名，回去拜访爹娘。谁知朝廷为着淮南兵乱，开榜稽迟。我爹娘正在围城之内，只得赍发柳郎往寻消耗，撇下奴家钱塘客店。你看那江声月色，凄怆人也。（净）小姐，比你黄泉之下，景致争多。（旦）这不在话下。

【针线厢】虽则是荒村店江声月色，但说着坟窝里前生今世，则这破门帘乱撒星光内，煞强似洞天黑地。姑姑呵，三不归父母如何的？七件事儿夫家靠谁？心悠曳，不死不活，睡梦里为个人儿。（净）似小姐的罕有。

【前腔】伴著你半间灵位，又守见你一房夫婿。（旦）姑姑，那夜搜寻秀才，知我闪在哪里？恰宜叙旧。（净）则道画帧儿怎放的个人回避，做的事瞒神唬鬼。（旦）昏黑了，你看月儿黑黑的星儿晦，萤火青青似鬼火吹。（旦）好上灯了。（净）没油，黑坐地，三花两焰，留的你照解罗衣。（旦）夜长难睡，还向主家借些油去。（净）你院子里坐坐，咱去借来。“合着油瓶盖，踏碎玉莲蓬。”（下）（旦玩月叹介）拈触便不放过。

【月儿高】（老旦、贴行路上）江北生兵乱，江南走多半。不载香车稳，趿的鞋韃断。夫主兵权，望天涯生死如何判。前呼后拥，一个春香伴。风鬟消除，打不上扬州纂。上岸了到临安。趁黄昏黑影林峦，生忔察的难投馆。（贴）且喜到临安了。（老旦）咳，万死一逃生，得到临安府。俺女娘无处投，长路多孤苦。（贴）前面像是个半开门儿，蓦了进去。（老旦进介）呀，门房空静，内可有人？（旦）谁？（贴）是个女人声息。待打叫一声开门。如此太臻，尚似有憾。

【不是路】（旦惊介）斜倚雕阑，何处娇音唤启关？（老旦）行程晚，女娘们借住霎儿间。（旦）听她言，声音不似男儿汉，待自起开门月下看。（见介）（旦）是一位女娘，请里坐。（老旦）相提盼，人间天上行方便。（旦）趋迎迟慢，趋迎迟慢。（打照面介）（老旦作惊介）

【前腔】破屋颓椽，姐姐呵，你怎独坐无人灯不燃？（旦）这闲庭院，玩清光长送过这月儿圆。（老旦背叫贴）春香，这像谁来？（贴惊介）不敢说，好像小姐。（老旦）你快瞧房儿里面，还有甚人？若没有人，敢是鬼也？（贴下）（旦背）这位女娘，好像我母亲，那丫头好像春香。敢问老夫人，何方而来？（老旦叹介）自淮安，我相公是淮扬安抚、遭兵难，我避虏逃生到此间。（旦背介）是我母亲了，我可认她？（贴慌上，背语老旦介）一所空房子，通没个人影儿。是鬼，是鬼！（老旦作怕介）（旦）听她说起，是我的娘也。（旦向前哭娘介）（老旦作避介）敢是我女孩儿？怠慢了你，你活现了。春香，有随身纸钱，快丢，快丢。（贴丢纸钱介）（旦）儿不是鬼。（老旦）不是鬼，我叫你三声，要你应我一声高如一声。（做三叫三应，声渐低介）（老旦）是鬼也。顿。（旦）娘，你女儿有话讲。（老旦）则略靠远，冷淋侵一阵风儿旋，这般活现。（旦）那些活现？（旦扯老旦作怕介）儿，手恁般冷。（贴叩头介）小姐，休要捻了春香。（老旦）儿，不曾广超度你，是你父亲古执。（旦哭介）娘，你这等怕，女孩儿死不放娘去了。

【前腔】（净持灯上）门户牢拴，为甚空堂人语喧？（灯照地介）这青苔院，怎生吹落纸黄钱？（贴）夫人，来的不是道姑？（老旦）可是。（净惊介）呀，老夫人和春香哪里来？这般大惊小怪。看她打盘旋，那夫人呵，怕漆灯无焰将身远。小姐，恨不得幽室生辉得近前。（旦）姑姑快来，奶奶害怕。（贴）这姑姑敢也是个鬼？（净扯老旦，照旦介）休疑惮。

移灯就月端详遍，可是当年人面？（合）是当年人面。（老旦抱旦泣介）儿呵，便是鬼，娘也舍不的去了。团奇迸泪，看他递续几层。

【前腔】肠断三年，怎坠海明珠去复旋？（旦）爹娘面，阴司里怜念把魂还。（贴）小姐，你怎生出的坟来？（旦）好难言。（老旦）是怎生来？（旦）则感的是东岳大恩眷，托梦一个书生把墓踹穿。（老旦）书生何方人氏？（旦）是岭南柳梦梅。（贴）怪哉，当真有个柳和梅。诨一"和"字，妙。（老旦）怎同他来此？（旦）他来科选。（老旦）这等是个好秀才，快请相见。（旦）我央他看淮扬动静去把爹娘探，因此上独眠深院，独眠深院。（老旦背与贴语介）有这等事？（贴）便是，难道有这样出跳的鬼？（老旦回泣介）我的儿呵！

【番山虎】则道你烈性上青天，端坐在西方九品莲，不道三年鬼窟里重相见。哭得我手麻肠寸断，心枯泪点穿。梦魂沉乱，我神情倒颠。看时儿立地，叫时娘各天。怕你茶饭无浇奠，牛羊侵墓田。（合）今夕何年？今夕何年？咦，还怕这相逢梦边。痛绝，欢绝！

【前腔】（旦泣介）你抛儿浅土，骨冷难眠。吃不尽爷娘饭，江南寒食天。可也不想有今日，也道不起从前。似这般糊突谜，甚时明白也天！鬼不要，人不嫌，不是前生断，今生怎得连！放刁！（合前）（老旦）老姑姑，也亏你守着我儿。

【前腔】（净）近的话不堪提咽，早森森地心疏体寒。空和她做七做中元，怎知她成双成爱眷？（低与老旦介）我捉鬼拿奸，知她影戏儿做的恁活现？（合）这样奇缘，这样奇缘，打当了轮回一遍。

【前腔】（贴）论魂离倩女是有，知她三年外灵骸怎全？如此人想。则恨她同棺椁、少个郎官，谁想她为院君这宅院。小姐呵，你做的相思鬼穿，你从夫意专。那一日春香不铺其孝筵，那节儿夫人不哀哉醮

荐？早知道你撇离了阴司，跟了人上船！（合前）不文不俗，有理有致。

【尾声】（老旦）感得化生女显活在灯前面。则你的亲爹，他在贼子窝中没信传。（旦）娘放心，有我那信行的人儿，他穴地通天，打听的远。得陇望蜀，更妙穴地通天。

想象精灵欲见难，欧阳詹　碧桃何处便骖鸾？薛　逢

莫道非人身不暖，白居易　菱花初晓镜光寒。许　浑

妙！

【三登乐】(生包袱、雨伞上)有路难投,禁得这乱离时候!走孤寒落叶知秋。为娇妻思岳丈,探听扬州,又谁料他困守淮扬,索奔前搭救。[集唐]"那能得计访情亲李白?浊水污泥清路尘韩愈。自恨为儒逢世难卢纶,却怜无事是家贫韦庄。俺柳梦梅阳世寒儒,蒙杜小姐阴司热宠,得为夫妇,相随赴科。且喜殿试撺过卷子,又被边报耽误榜期。因此小姐呵,闻说她尊翁淮扬兵急,叫俺沿路上体访安危。亲赍一幅春容,敬报再生之喜。虽则如此,客路贫难,诸凡路费之资,尽出圹中之物。其间零碎宝玩,急切典卖不来。有些成器金银,土气销镕有限。兼且小生看书之眼,并不认的等子星儿。一路上赚骗无多,逐日里支分有尽。得到扬州地面,恰好岳丈大人移镇淮城。贼兵阻路,不敢前进。且喜因循解散,不免迤逦数程。"

【锦缠道】早则要、醉扬州寻杜牧,梦三生花月楼,怎知他长淮去休!哪里有缠十万顺天风,跨鹤闲游!则索傍渔樵寻食宿、败荷衰柳,添一抹五湖秋。那秋意儿有许多迤逗!咱功名事未酬,冷落我断肠闺秀。堪回首?算江南江北有十分愁。一路行来,且喜看见了插天高的淮城,城下一带清长淮水。那城楼之上,还挂有丈六阔的军门旗号。大吹大擂,想是日晚掩门了。且寻小店歇宿。(丑上)"多掺白水江湖酒,少赚黄边风月钱。"秀才投宿么?(生进店介)(丑)要果酒,案酒?(生)天性不饮。(丑)柴米是要的?(生)吃倒算。(丑)算倒吃。(生)花银五分在此。(丑)高银散碎些,待我称一称。(称介,作惊叫介)银子走了。(寻介)(生)怎的大惊小怪?(丑)秀才,银子地缝里走了。你看碎珠儿。(生)这等还有几块在这里。(丑接银又走,三度介)呀,秀才原来会使水银?(生)因何是水银?(背介)是了,是小姐殡敛之时,水银在口。龙含土成珠而上天,鬼含汞成丹而出世。理之然也。此乃见风而化。原初小姐死,水银也死;如今小姐活，水银也活了。则可惜这种奇之物，世人不知。（回介）也罢了。店主人，你将我花银都消散去了，如今一厘也无。这本书是我平日看的，准酒一壶。（丑）书破了。（生）贴你一枝笔，（丑）笔开花了。（生）此中使客往来，你可也听见"读书破万卷"？（丑）不听见。（生）可听见"梦笔吐千花"？（丑）不听见。

【皂罗袍】（生作笑介）可笑一场闲话，破诗书万卷，笔蕊千花。是我差了，这原不是换酒的东西。（丑笑介）"神仙留玉佩，卿相解金貂。"（生）你说金貂玉佩，那里来的？有朝货与帝王家，金貂玉佩书无价。你还不知道，便是千金小姐，依然嫁他。一朝臣宰，端然拜他。（丑）要他则甚？（生）读书人把笔安天下。（生）不要书，不要笔，这把雨伞可好？（丑）天下雨哩。（生）明日不走了。（丑）饿死在这里？（生笑介）你认的淮扬杜安抚么？（丑）谁不认的！明日吃太平宴哩。（生）则我便是他女婿来探望他。（丑惊介）喜是相公说的早，杜老爷多早发下请书了。（生）请书哪里？（丑）和相公瞧去。（丑请生行介）待小人背褡袱雨伞。（行介）（生）请书哪里？（丑）兀的不是！（生）这是告示居民的。（丑）便是。你瞧！

【前腔】（丑）"禁为闲游奸诈。"杜老爷是巴上生的："自三巴到此，万里为家。不教子侄到官衙，从无女婿亲闲杂。"这句单指你相公："若有假充行骗，地方禀拿。"下面说小的了："扶同歇宿，罪连主家。为此须至关防者。右示通知。建炎三十二年五月日示。"你看后面安抚司杜大花押。上面盖着一颗"钦差安抚淮扬等处地方提督军务安抚司使之印"，鲜明紫粉。相公、相公，你在此消停，小人告回了。"各人自扫门前雪，休管他家屋上霜。"（下）（生哭介）我的妻，你怎知丈夫到此凄惶无地也。（作望介）呀，前面房子门上有大金字，咱投宿去。（看介）四个字："漂母之祠。"怎生叫做漂母之祠？（看介）原来壁上有题："昔贤怀一饭，此事已千秋。"是了，乃前朝淮阴侯韩信之恩人也。我想起来，那韩信是个假齐王，尚然有人一饭，俺柳梦梅是个真秀才，要杯冷酒不能够！像这漂母，俺拜她一千拜。游戏！

【莺皂袍】（拜介）垂钓楚天涯，瘦王孙，遇漂纱。楚重瞳较比这秋波瞎。太史公表她，淮安府祭她，甫能够一饭千金价。看古来妇女多有俏眼儿：文公乞食，僖妻礼她；昭关乞食，相逢浣纱。凤尖头叩首三千下。有关照。起更了，廊下一宿。早去伺候开门。没水梳洗。（看介）好了，下雨哩。痴境。

旧事无人可共论，韩　愈　只应漂母识王孙。王　遵
辕门拜手儒衣弊，刘长卿　莫使沾濡有泪痕。韦洵美

【梁州令】(外引丑众上)长淮千骑雁行秋,浪卷云浮。思乡泪国倚层楼。(合)看机遘,逢奏凯,且迟留。**【昭君怨】**"万里封侯岐路,几两英雄草屦。秋城鼓角催,老将来。烽火平安昨夜,梦醒家山泪下。兵戈未许归,意徘徊。"我杜宝身为安抚,时值兵冲。围绝救援,贻书解散。李寇既去,金兵不来。中间善后事宜,且自看详停当。分付中军门外伺候。(众下)(丑把门介)(外叹介)虽有存城之欢,实切亡妻之痛。(泪介)我的夫人呵,昨已单本题请她的身后恩典,兼求赐假西归。未知旨意如何?正是:"功名富贵草头露,骨肉团圆锦上花。"(看文书介)

【金蕉叶】(生破衣巾携春容上)穷愁客愁,正摇落雁飞时候。(整容介)帽儿光整顿从头,还则怕未分明的门楣认否?(丑喝介)甚么人行走?(生)是杜老爷女婿拜见。(丑)当真?(生)秀才无假。(丑进禀介)(外)关防明白了。(问丑介)那人材怎的?(丑)也不怎的。袖着一幅画儿。(外笑介)是个画师。则说老爷军务不闲便了。(丑见生介)老爷军务不闲,请自在。(生)叫我自在,自在不成人了。(丑)等你去,成人不自在。(生)老爷可拜客去么!(丑)今日文武官僚吃太平宴,牌簿都缴了。(生)大哥,怎么叫做太平宴?(丑)这是各边方年例。则今年退了贼,筵宴盛些。席上有金花树,银台盘,长尺头,大元宝,无数的。你是老爷女婿,背几个去。(生)原来如此。则怕进见之时,考一首《太平宴诗》,或是《军中凯歌》,或是《淮清颂》,急切怎好?且在这班房里等着打想一篇,正是"有备无患"。痴境。(丑)秀才还不走,文武官员来也。(生下)

【梁州令】(末扮文官上)长淮望断塞垣秋,喜兵甲潜收。贺升平、歌颂许吾流。(净扮武官上)兼文武,陪将相,宴公侯。请了。(末)今日我文武官属太平宴,水陆务须华盛,歌舞都要整齐。(末、净见介)圣天子万夷拥辅，老君侯八面威风。寇兵销咫尺之书，军礼设太平之宴。谨已完备，望乞俯容。（外）军功虽卑末难当，年例有诸公怎废？难言奏凯，聊用舒怀。（内鼓吹介）（丑持酒上）“黄石兵书三寸舌，清河雪酒五加皮。”妙对。酒到。

【梁州序】（外浇酒介）天开江左，地冲淮右。气色夜连刁斗。（末、净进酒介）长城一线，何来得御君侯！喜平销战气，不动征旗，一纸书回寇。那堪羌笛里望神州！这是万里筹边第一楼。（合）乘塞草，秋风候，太平筵上如淮酒，尽慷慨，为君寿。

【前腔】（外）吾皇福厚。群才策凑，半壁围城坚守。（末、净）分明军令，杯前借箸题筹。（外）我题书与李全夫妇呵，也是燕支却虏，夜月吹篪，一字连环透。不然无救也怎生休！不是天心不聚头。不放过。（合前）（内擂鼓介）（老旦扮报子上）“金貂并入三公府。锦帐谁当万里城？”报老爷奏本已下，奉有圣旨，不准致仕。钦取老爷还朝，同平章军国大事。老夫人追赠一品贞烈夫人。（末、净）平章乃宰相之职，君侯出将入相，官属不胜欣仰。

【前腔】（末、净送酒介）揽貂蝉岁月淹留，庆龙虎风云辐辏。君侯此一去呵，看洗兵河汉，接天高手。偏好桂花时节，天香随马，箫鼓鸣清昼。到长安宫阙里报高秋，可也河上砧声忆旧游？（合前）（外）诸公皆高才壮岁，自致封侯。如杜宝者，白首还朝，何足道哉！

【前腔】每日价看镜登楼，泪沾衣浑不如旧。似江山如此，光阴难又。猛把吴钩看了，栏干拍遍，落日重回首。此去呵，恨南归草草也寄东流，（举手介）你可也明月同谁啸庾楼？老成大样。（合前）（生上）“腹稿已吟就，名单还未通。”（见丑介）大哥替我再一禀。（丑）老爷正吃太平宴。（生）我太平宴诗也想完一首了，太平宴还未完。（丑）谁叫你想来？（生）大哥，俺是嫡亲女婿，没奈何禀一禀。（丑进禀介）禀老爷，那个嫡亲女婿没奈何禀见。（外）好打！（丑出作恼，推生走介）（生）“老丈人

高宴未终，咱半子礼当恭候。”（下）（旦、贴扮女乐上）“壮士军前半死生，美人帐下能歌舞。”营妓们叩头。

【节节高】辕门箫鼓啾，阵云收。君恩可借淮扬寇？貂插首，玉垂腰，金佩肘。马敲金镫也秋风骤，展沙堤笑拂朝天袖。（合）但卷取江山献君王，看玉京迎驾把笙歌奏。（生上）“欲穷千里目，更上一层楼。”想歌阑宴罢，小生饥困了，不免冲席而进。（丑拦介）饿鬼不羞？（生恼介）你是老爷跟马贱人，敢辱我乘龙贵婿？打不的你。（生打丑介）（外问介）军门外谁敢喧嚷？（丑）是早上嫡亲女婿叫做没奈何的，破衣、破帽、破褡裢、破雨伞，手里举一幅破画儿，说他饿的慌了。要来冲席。但劝的都打，连打了九个半，则剩下小的这半个脸儿。助恼添油。（外恼介）可恶。本院自有禁约，何处寒酸，敢来胡赖？（末、净）此生委系乘龙，属官礼当攀凤。（外）一发中他计了。叫中军官暂时拿下那光棍。逢州换驿，递解到临安监候者。（老旦扮中军官应介）（出缚生介）（生）冤哉，我的妻呵！“因贪弄玉为秦赘，且戴儒冠学楚囚。”（下）（外）诸公不知。老夫因国难分张，心痛如割。又放着这等一个无名子来聒噪人，愈生伤感。（末、净）老夫人受有国恩，名标烈史。兰玉自有，不必虑怀。叫乐人进酒。

【前腔】（末、净）江南好宦游。急难休，樽前且进平安酒。看福寿有，子女悠，夫人又。（外）径醉矣。（旦、贴作扶介）（外泪介）闪英雄泪渍盈盈袖，伤心不为悲秋瘦。（合前）（外）诸公请了。老夫归朝念切，即便起程。（内鼓乐介）

【尾声】明日离亭一杯酒。（末、净）则无奈丹青圣主求。（外笑介）怕画的上麒麟人白首。

（外）万里沙西寇已平，张　乔　（末）东归衔命见双旌。韩　翃
（净）塞鸿过尽残阳里，耿　沣　（众）淮水长怜似镜清。李　绅

（老旦、丑扮将军持瓜、锤上）"凤舞龙飞作帝京，巍峨宫殿羽林兵。天门欲放传胪喜，江路新传奏凯声。"请了。圣驾升殿，在此祗候。

北【点绛唇】（外扮老枢密上）整点朝纲，运筹边饷，山河壮。（净扮苗舜宾上）翰苑文章，显豁的升平象。回顾。请了，恭喜李全纳款。皆老枢密调度之功也。（外）正此引奏。前日先生看定状元试卷，蒙圣旨武偃文修，今其时矣。（净）正此题请。呀，一个老秀才走将来。好怪，好怪！（末破衣巾捧表上）"先师孔夫子，未得见周王。本朝圣天子，得睹我陈最良。"非小可也。（见外、净介）生员陈最良告揖。（净惊介）又是遗才告考么？（末）不敢。生员是这枢密老大人门下引奏的。（外）则这生员，是杜安抚叫他招安了李全，便中带有降表。故此引见。（内响鼓，唱介）奏事官上御道。（外前跪，引末后跪、叩头介）（外）掌管天下兵马知枢密院事臣谨奏：恭贺吾主，圣德天威。淮寇来降，金兵不动。有淮扬安抚臣杜宝，敬遣南安府学生员臣陈最良奏事，带有李全降表进呈。微臣不胜欢忭！（内介）杜宝招安李全一事，就着生员陈最良详奏。（外）万岁！（起介）（末）带表生员臣陈最良谨奏：

【驻云飞】淮海维扬，万里江山气脉长。那安抚机谋壮，矫诏从宽荡。嗏，李贼快迎降，他表文封上。金主闻知，不敢兵南向。他则好看花到洛阳，咱取次擒胡到汴梁。（内介）奏事的午门候旨。（末）万岁！（起介）（净跪介）前廷试着看详文字官臣苗舜宾谨奏：

【前腔】殿策贤良，榜下诸生候久长。乱定人欢畅，文运天开放。文字已看详，胪传须唱。莫遣夔龙，久滞风云望。早是蟾宫桂

有香，御酒封题菊半黄。（内介）午门外候旨。（净）万岁！（起行介）今当榜期，这些寒儒，却也候久。（外笑介）则这陈秀才夹带一篇海贼文字，到中得快。（内介）圣旨已到，跪听宣读。“朕闻李全贼平，金兵回避。甚喜，甚喜。此乃杜宝大功也。杜宝已前有旨，钦取回京。陈最良有奔走口舌之才，可充黄门奏事官，赐其冠带。其殿试进士，于中柳梦梅可以状元。金瓜仪从，杏苑赴宴。谢恩。”（众呼“万岁”起介）（众扮杂取冠带上）“黄门旧是黉门客，蓝袍新作紫袍仙。”（末作换冠服介）二位老先生，告揖。（外、净贺介）恭喜，恭喜。明日便借重新黄门唱榜了。（末）适间宣旨，状元柳梦梅何处人？（净）岭南人，此生遭际的奇异。（外）有甚奇异？（净）其日试卷看详已定，将次进呈。恰好此生午门外放声大哭，告收遗才。原来为搬家小到京迟误。学生权收他在附卷进呈，不想点中状元。（外）原来有此！（末背想介）听来敢便是那个、那个柳梦梅？他那有家小？是了，和老道姑做一家儿。（回介）不瞒老先生，这柳梦梅也和晚生有旧。（外、净）一发可喜可贺了。

（净）榜题金字射朝晖，郑　畋　（外）独奏边机出殿迟。王　建

（末）莫道官忙身老大，韩　愈　（合）曾经卓立在丹墀。元　稹

“索”字佳。

【吴小四】(净扮郭驼伞、包上)天九万,路三千。月馀程,抵半年。破虱装衣担压肩,压的头脐匾又圆,扢喇察龟儿爬上天。谢天,老驼到了临安。京城地面,好不繁华。则不知柳秀才去向,俺且往天街上瞧去。呀,一个臭军踢秃秃走来,且自回避。正是:“不因渔父引,怎得见波涛!”(下)

【六幺令】(老旦、丑扮军校旗、锣上)朝门榜遍,怎生状元柳梦梅不见?又不是黄巢下第题诗赸。排门的问,刻期宣,再因循敢淹答了杏园公宴。(老旦笑介)好笑,好笑,大宋国一场怪事。你道差不差?中了状元干鳖煞。你道奇不奇?中了状元啰唣唏。你道兴不兴?中了状元胡厮跁,你道山不山?中了状元一道烟。只是老汤不状元耳。天下人古怪,不像岭南人。你瞧这驾牌上,“钦点状元岭南柳梦梅,年二十七岁,身中材,面白色。”这等明明道着,却普天下找不出这人?敢家去哩,亡化哩,睡觉哩?则淹了琼林宴席面儿。(丑)哥,人山人海,哪里淘气去?俺们把一位带了儒巾吃宴去。正身出来,算还他席面钱。(老)使不得,羽林卫宴老军替得,琼林宴进士替不得。他要杏苑题诗。(丑)哥,看见几个状元题诗哩。依你说叫去。(行叫介)状元柳梦梅那里?(叫三次介)(老旦)长安东西十二门,大街都无人应,小胡同叫去。(丑)这苏木胡同有个海南会馆。叫地方问去。(叫介)(内应介)老长官贵干?(老旦、丑)天大事,你在睡梦哩!听分付。

【香柳娘】问新科状元,问新科状元。(内)何处人?(众)广南乡贯。(内)是何名姓?(众)柳梦梅面白无巴缱。(内)谁寻他来?(众)是当今驾传,是当今驾传。要得柳如烟,才开杏花宴。(内)俺这一带铺子都没有，则瓦市王大姐家歇着个番鬼。（众）这等，去，去，去。（合）柳梦梅也天，柳梦梅也天，好几个盘旋，影儿不见。（下）［集句］（贴扮妓上）“残莺何事不知秋李后主？日日悲看水独流王昌龄。便从巴峡穿巫峡杜甫，错把杭州作汴州林升。”奴家王大姐是也。开个门户在此。天，一个孤老不见，几个长官撞的来。（老旦、丑上）王大姐喜哩，柳状元在你家。（贴）什么柳状元？（众）番鬼哩。（贴）不知道。（众）地方报哩。

【前腔】笑花牵柳眠，笑花牵柳眠。（贴）昨日有个鸡，不着裤去了。（众）原来十分形现。敢柳遮花映做葫芦缠。有状元么？（贴）则有个状匾。（丑）房儿里状匾去。（进房搜介）（众诨，贴走下介）（众）找烟花状元，找烟花状元。热赶在谁边，毛臊打教遍。去罢。（合前）（下）

【前腔】（净拐杖上）到长安日边，到长安日边。果然风宪，九街三市排场遍。柳相公呵，他行踪杳然，他行踪杳然。有了俏家缘，风声儿落谁店？少不的大道上行走。那柳梦梅也天！（老旦、丑上）柳梦梅也天！好几个盘旋，影儿不见。（丑作撞跌净，净叫介）跌死人，跌死人！（丑作拿净介）俺们叫柳梦梅，你也叫柳梦梅。则拿你官里去。（净叩头介）是了，梅花观的事发了。小的不知情。（众笑介）定说你知情！是他什么人？（净）听禀：老儿呵！

【前腔】替他家种园，替他家种园，远来探看。（众作忙）可寻着他哩？（净）猛红尘透不出东君面。（众）你定然知他去向。（净）长官可怜，则听是他到南安，其余不知。（众）好笑，好笑！他到这临安应试，得中状元了。（净惊喜介）他中了状元，他中了状元！踏的菜园穿，攀花上林苑。长官，他中了状元，怕没处寻他！（众）便是哩。（合前）（众）也罢，饶你这老儿，协同寻他去。

（老）一第由来是出身，郑　谷　（丑）五更风水失龙鳞，张　曙

（净）红尘望断长安陌，韦　庄　（合）只在他乡何处人？杜　甫

【风入松慢】（生上）无端雀角土牢中。是什么孔雀屏风？一杯水饭东床用，草床头绣褥芙蓉。天呵，系颈的是定昏店，赤绳羁凤；领解的是蓝桥驿，配递乘龙。扼奇堆绣。［集唐］“梦到江南身旅羁方干，包羞忍耻是男儿杜牧。自家妻父犹如此孙元晏，若问傍人那得知崔颢！”天妙。俺柳梦梅因领杜小姐言命，去淮扬谒见杜安抚。他在众官面前，怕俺寒儒薄相，故意不行识认，递解临安。想他将次下马，提审之时，见了春容，不容不认。只是眼下凄惶也。（净扮狱官，丑扮狱卒持棍上）“试唤皋陶鬼，方知狱吏尊。”咄！淮安府解来囚徒哪里？（生见举手介）（净）见面钱？（生）少有。（丑）入监油？（生）也无。（净恼介）哎呀，一件也没有，大胆来举手。（打介）（生）不要打，尽行装检去便了。（丑检介）这个酸鬼，一条破被单，裹一轴小画儿。（看画介）（丑）是轴观音，送奶奶供养去。（生）都与你去，则留下轴画儿。（丑作抢画，生扯介）（末扮公差上）“僵杀乘龙婿，冤遭下马威。”狱官哪里？（丑揖介）原来平章府祗候哥。（末票示介）平章府提取送解犯人一名，及随身行李赴审。（丑）人犯在此，行李一些也无。（生）都是这狱官搬去了。（末）搬了几件？拿狗官平章府去。（丑、净慌叩头介）则这轴画、被单儿。（末）这狗官！还了秀才，快起解去。（净、丑应介）（押生行介）老相公，你便行动些儿。“略知孔子三分礼，不犯萧何六尺条。”（下）

【唐多令】（外引众上）玉带蟒袍红，新参近九重。耿秋光长剑倚崆峒。归到把平章印总，浑不是、黑头公。［集唐］“秋来力尽破重园罗邺。入掌银台护紫微李白。回头却叹浮生事李中，长向东风有是非罗隐。”自家杜平章。因淮扬平寇，叨蒙圣恩，超迁相位。前日有个棍徒，假充门婿。已着递解临安府监候。今日不免取来细审一番。（净、丑押生上）（杂扮门官唱门介）临安府解犯人进。（见介）（生）岳丈大人拜揖。（外坐笑介）（生）人将礼乐为先。（众大呼喝介）（生长叹介）

【新水令】则这怯书生剑气吐长虹，原来丞相府十分尊重，声息儿忒汹涌。咱礼数缺通融，曲曲躬躬；他那里半抬身全不动。（外）寒酸，你是哪色人数？犯了法，在相府阶前不跪！（生）生员岭南柳梦梅，乃老大人女婿。（外）呀，我女已亡故三年。不说到纳采下茶，便是指腹裁襟，一些没有。何曾得有个女婿来？可笑，可恨！祗候们与我拿下。（生）谁敢拿！

【步步娇】（外）我有女无郎，早把她青年送。刬口儿轻调哄。便做是我远房门婿呵，你岭南，吾蜀中，牛马风遥，甚处里丝萝共？敢一棍儿走秋风！指说关亲、骗的军民动。近理之谈。（生）你这样女婿，眠书雪案，立榜云霄，自家行止用不尽，定要秋风老大人？（外）还强嘴！搜他裹袱里，定有假雕书印，并赃拿贼。（丑开袱介）破布单一条，画观音一幅。（外看画惊介）呀，见赃了。这是我女孩儿春容，你可到南安，认的石道姑么？（生）认的。（外）认的个陈教授么？（生）认的。（外）天眼恢恢，原来劫坟贼便是你。左右采下打。（生）谁敢打？（外）这贼快招来。（生）谁是贼？老大人拿贼见赃，不曾捉奸见床来。呆搭精巧。

【折桂令】你道证明师一轴春容。（外）春容分明是殉葬的。（生）可知道是苍苔石缝，迸坼了云踪？（外）快招来。（生）我一谜的承供，供的是开棺见喜，挡煞逢凶。（外）圹中还有玉鱼、金碗。（生）有金碗呵，两口儿同匙受用；玉鱼呵，和我九泉下比目和同。（外）还有哩。（生）玉碾的玲珑，金锁的玎玲。（外）都是那道姑。（生）则那石姑姑她识趣拿奸纵，却不似你杜爷爷逞拿贼威风。（外）他明明招了。叫令史取过一张坚厚官绵纸，写下亲供："犯人一名柳梦梅，开棺劫财者斩。"写完，发与那死囚，于斩字下押个花字。会成一宗文卷，放在那里。（贴扮吏取供纸上）禀老爷定个斩字。（外写介）（贴叫生押花字）（生不伏介）（外）你看这吃敲才！逼元。

【江儿水】眼脑儿天生贼，心机使的凶。还不画花？（生）谁惯来。（外）你纸笔砚墨则好招详用。（生）生员又不犯奸盗。（外）你奸盗诈伪机谋中。(生)因令爱之故。(外)你精奇古怪虚头弄。(生)令爱现在。(外)现在么,把她玉骨抛残心痛。(生)抛在哪里?(外)后苑池中,月冷断魂波动。(生)谁见来?(外)陈教授来报知。(生)生员为小姐费心,除了天知地知,陈最良那得知!

【雁儿落】我为她礼春容、叫的凶,我为她展幽期、耽怕恐,我为她点神香、开墓封,我为她唾灵丹、活心孔,我为她偎熨的体酥融,我为她洗发的神清莹,我为她度情肠、款款通,我为她启玉肱、轻轻送,我为她软温香、把阳气攻,我为她抢性命、把阴程迸。神通,医的她女孩儿能活动。通也么通,到如今风月两无功。一片痴境,系丝雕孔,作个痴字。(外)这贼都说的是甚么话?官话。着鬼了。左右,取桃条打他,长流水喷他。(丑取桃条上)"要的门无鬼,先教园有桃。"桃条在此。(外)高吊起打。不但打而且吊打,为状元者不亦难乎。(众吊起生,作打介)(生叫痛,转动,众诨、打鬼介,喷水介)(净扮郭驼拐杖同老旦、贴扮军校持金瓜上)"天上人间忙不忙?开科失却状元郎。"一向找寻柳梦梅,今日再寻不见,打老驼。(净)难道要老驼赔?买酒你吃,叫去罢。(叫介)状元柳梦梅哪里?(外听介)(众叫下)(外问丑介)(丑)不见了新科状元,圣旨着沿街寻叫。(生)大哥,开榜哩。状元谁?(外恼介)这贼闲管,掌嘴,掌嘴。(丑掌生嘴介)(生叫冤屈介)(老旦、贴、净依前上)"但闻丞相府,不见状元郎。"咦,平章府打喧闹哩。(听介)(净)里面声息,像有俺家相公哩!投官府寻状元更觉针线,不然如何听得。(众进介)(净向前见哭介)吊起的是我家相公也!(生)列位救我。(净)谁打相公来?(生)是这平章。(净将拐仗打外介)拚老命打这平章。觉于情事尚得。(外恼介)谁敢无礼。似谓相公也是该打的。(老旦、贴)驾上的,来寻状元柳梦梅。(生)大哥,柳梦梅便是小生。(净向前解生,外扯净跌介)(生)你是老驼?因何至此?(净)俺一径来寻相公,喜的中了状元。(生)真个的!快向钱塘门外报与杜小姐知道。(老旦、贴)找着了状元,俺们也报知黄门官奏去。"未去朝天子,先来激相公。"(下)(外)一路的光棍去了。正好拷问这厮,左右再与俺吊将起。(生)待俺分诉些,难道状元是假得的?(外)凡为状元者,有登科录为证。你有何据?则是吊了打便了。(生叫苦介)(净扮苗舜宾引老旦,贴扮堂候官,捧冠袍带上)"踏破草鞋无觅处,得来全不费工夫。"老公相住手,有登

科录在此。

【侥侥犯】（净）则他是御笔亲标第一红，柳梦梅为梁栋。“梁”字好，“栋”字亦寓门楣。（外）敢不是他？（净）是晚生本房取中的。（生）是苗老师哩，救门生一救！（净笑介）你高吊起文章钜公，打桃枝受用。告过老公相，军校，快请状元下吊。（贴放，生叫“疼煞”介）（净）可怜，可怜！是斯文倒吃尽斯文痛，无情棒打多情种。（生）他是我丈人。（净）原来是倚太山压卵欺莺凤。（老旦）状元悬梁、刺股。（净）罢了，一领宫袍遮盖去。（外）什么宫袍，扯了他！

【收江南】（外扯住冠服介）（生）呀，你敢抗皇宣骂敕封，早裂绽我御袍红。似人家女婿呵，拜门也似乘龙。偏我帽光光走空，你桃夭夭煞风。（老旦替生冠服插花介）（生）老平章，好看我插宫花帽压君恩重。（外）柳梦梅怕不是他。果是他，便童生应试，也要候案。怎生殿试了，不候榜开，来淮扬胡撞？（生）老平章是不知。为因李全兵乱，放榜稽迟。令爱闻得老平章有兵寇之事，着我一来上门，二来报他再生之喜，三来扶助你为官。好意成恶意，今日可是你女婿了？（外）谁认你女婿来！

【园林好】（净众）嗔怪你会平章的老相公，不刮目破窑中吕蒙。忒做作、前辈们性重。（笑介）敢折倒你丈人峰？（外）悔不将劫坟贼监候奏请为是。捎带。

【沽美酒】（生笑介）你这孔夫子把公冶长陷缧绁中。我柳盗跖打地洞向鸳鸯冢。有日呵，把燮理阴阳问相公，要无语对春风。则待列笙歌画堂中，抢丝鞭御街拦纵。把穷柳毅赔笑在龙宫。你老夫差失敬了韩重。我呵，人雄气雄，老平章深躬浅躬，请状元升东转东。呀，那时节才提破了杜丹亭杜鹃残梦。老平章请了，你女婿赴宴去也。

北【尾】你险把司天台失陷了文星空，把一个有对付的玉洁冰清烈火烘。咱想有今日呵，越显的俺玩花柳的女郎能，则要你那打桃条的相公懂。刻毒！（下）（外吊场）异哉，异哉！还是贼，还是鬼？堂候官，去请那新黄门陈老爷到来商议。（丑）知道了。“谒者有如鬼，状元还似人。”（下）（末扮陈黄门上）“官运精神老不眠，早朝三下听鸣鞭。多沾圣主随朝米，不受村童学俸钱。”自家陈最良。因奏捷，圣恩可怜，钦授黄门。此皆杜老相公抬举之恩，敬此趣谢。（丑上见介）正来相请，少待通报。（进报见介）（外笑介）可喜，可喜！“昔为陈白屋，今作老黄门。”（末）“新恩无报效，旧恨有还魂。”适间老先生三喜临门：一喜官居宰辅，二喜小姐活在人间，三喜女婿中了状元。也点也抹，以其未曾告白一番，何由细知。（外）陈先生教的好女学生，成精作怪哩！（末）老相公葫芦提认了罢。（外）先生差矣！此乃妖孽之事。为大臣的，必须奏闻灭除为是。（末）果有此意，容晚生登时奏上取旨何如？（外）正合吾意。

（外）夜读沧州怪亦听，陆龟蒙　（末）可关妖气暗文星。司空图

（外）谁人断得人间事？白居易　（末）神镜高悬照百灵。殷文圭

【绕池游】(贴上)露寒清怯,金井吹梧叶,转不断辘轳情劫。咳,俺小姐为梦见书生,感病而亡,已经三年,老爷与老夫人,时时痛她孤魂无靠。谁知小姐到活活的跟着个穷秀才,寄居钱塘江上。母子重逢,真乃天上人间,怪怪奇奇,何事不有!今日小姐分付安排绣床,温习针指。小姐早来到也。

【绕红楼】(旦上)秋过了平分日易斜,八字妙。恨辞梁燕语周遮。人去空江,身依客舍,无计七香车。"秋风吹冷破窗纱。夫婿扬州不到家。玉指泪弹江北草,金针闲刺岭南花。"春香,我同柳郎至此,即赴试闱。虎榜未开,扬州兵乱。我星夜赍发柳郎,打听爹娘消息。且喜老萱堂不意而逢,则老相公未知下落。想柳郎刻下可到。料今番榜上高题。须先剪下罗衣,衬其光彩。(贴)绣床停当,请自尊裁。(旦裁衣介)裁下了。便待缝将起来。(缝介)(贴)小姐,俺淡口儿闲嗑,你和柳郎梦里、阴司里,两下光景何如?须问过来人。

【罗江怨】(旦)春园梦一些,到阴司里有转折。梦中逗的影儿别,阴司较追的情儿切。(贴)还魂时像怎的?(旦)似梦重醒,猛回头放教跌。(贴)阴司可也有好耍子处?(旦)一般儿轮回路,驾香车,爱河边题红叶。便则到鬼门关逐夜的望秋月。句句不离题,所以文妙。

【前腔】(贴)你风姿恁惹邪,情肠害劣。小姐,你香魂逗出了梦儿蝶,把亲娘肠断了影中蛇。不道燕冢荒斜,再立起鸳鸯舍。则问你会书斋灯怎遮?送情杯酒怎赊?取喜时,也要那破头梢一泡血。实肯俯首。(旦)蠢丫头,幽欢之时,彼此如梦,问他则甚!呀,奶奶来的恁忙也。

【玩仙灯】(老旦慌上)人语闹吱嚏,听风声,似是女孩儿关节。儿,听见外厢喧嚷,新科状元是岭南柳梦梅。(旦)有这等事!

【前腔】(净忙走上)旗影儿走龙蛇,甚宣差教来近者!(见介)奶奶、小姐,驾上人来。俺看门去也!(下)

【入赚】(外、丑扮军校持黄旗上)深巷门斜,抓不出状元门第也。这是了。(敲门介)(老旦)声息儿恁怔忡!把门儿偷瞥。(启门,校冲开介)(老旦)那衙门来的?(校)星飞不迭。你看这旗,看这旗影儿头势别。是黄门官把圣旨教传泄。(老旦叫介)儿,原来是传圣旨的。(旦上)斗胆相询,金榜何时揭?可有柳梦梅名字高头列?(校)他中了状元。(旦)真个中了状元?(校)则他中状元,急节里遭磨灭。(旦惊介)是怎生?(校)往淮扬触犯了杜参爷,扭回京把他做劫坟茔的贼决。(老旦)我儿,谢天谢地,老爷平安回京了。他那知世间有此重生之事。(旦)这却怎了?(校)正高吊起猛桃条细抽掣,被官里人抢去游街歇。(旦)恰好哩。(校)平章他势大,动本了。说劫坟之贼,不可以作状元。(旦)状元可也辨一本儿。聪明之极。(校)状元也有本。那平章奏他恶茶白赖把阴人窃。那状元呵,他说头带魁罡不受邪。便是万岁爷听了成痴呆。(旦)后来?(校)侥幸有个陈黄门,是平章爷的故人。奏准,要平章、状元和小姐三人,驾前勘对,方取圣裁。(老旦)呀,陈黄门是谁?(校)是陈最良,他说南安教授曾官舍。因此杜平章抬举他掌朝班、通御谒。(老旦)一发诧异哩。(校)便是他着俺们来宣旨。分付你家一更梳洗,二鼓吃饭,三鼓穿衣,四更走动。到得五更三点彻,响丁当翠佩,那是朝时节。(旦)独自个怕人。(校)怕则么!平章宰相你亲爷,状元妻妾。俺去了。(旦)再说些去。(校)明朝金阙,讨你幅撞门红去了也。(下)(旦)娘,爹爹高升,柳郎高中。小旗儿报捷,又是平安帖。把神天叩谢,神天叩谢。

【滴溜子】(拜介)当日的、当日的梅根柳叶,无明路、无明路曾把游魂再叠。果应梦、花园后折。甫能够进到头，抢了捷。鬼趣里因缘，人间判贴。

【前腔】(老旦)虽则是、虽则是希奇事业，可甚的、可甚的惊劳驾帖？他道你、是花妖害怯，看承的柳抱怀做花下劫。你那爹爹呵，没得个符儿再把花神召摄。

【尾声】女儿，紧簪束扬尘舞蹈摇花颊。(旦)叫我奏个甚么来？(老旦)有了你活人硬证无虚胁。(旦)少不的万岁君王听臣妾。(净扮郭驼上)"要问鼋鼍窟，还过乌鹊桥。"两日再寻个钱塘门不着。正好撞着老军，说知夫人下处。抖擞了进去。(见介)(老旦)你是谁？(净)状元家里的老驼，特来恭喜。(旦)辛苦，你可见状元么？(净)俺往平章府抢下了状元，要夫人去见朝也。

(老旦)往事闲征梦欲分，韩　溉　(旦)今晨忽见下天门。张　籍
(净)　分明为报精灵辈，僧贯休　(旦)淡扫蛾眉朝至尊。张　祜

（净、丑扮将军持金瓜上）“日月光天德，山河壮帝居。”万岁爷升朝，在此直殿。

北【点绛辰】（末上）宝殿云开，御炉烟霭，乾坤泰。（回身拜介）日影金阶，早唱道黄门拜。不得不心折伊。［集唐］“鸾凤旌旗拂晓陈韦元旦，传闻阙下降丝纶刘长卿。兴王会净妖氛气杜甫，不问苍生问鬼神李商隐。”自家大宋朝新除授一个老黄门陈最良是也。下官原是南安府饱学秀才。因柳梦梅发了杜平章小姐之墓，径往扬州报知。平章念旧，着俺说平李寇，告捷效劳，蒙圣恩钦赐黄门奏事之职。不想平章回朝，恰遇柳生投见。当时拿下，递解临安府监候。却说柳生先曾撺过卷子，中了状元。找寻之间，恰好状元吊在杜府拷问。当被驾前官校人等冲破府门，抢了状元，上马而去，到也罢了。又听的说俺那女学生杜小姐也返魂在京。平章听说女儿成了个色精，一发恼激。央俺题奏一本，为诛除妖贼事。中间劾奏柳梦梅系劫坟之贼，其妖魂托名亡女，不可不诛。杜老先生此奏，却是名正言顺。随后柳生也奏一本，为辨明心迹事。都奉有圣旨：“朕览所奏，幽隐奇特。必须返魂之女，面驾敷陈，取旨定夺。”老夫又恐怕真是杜小姐返魂，私着官校传旨与她。五更朝见。正是：“三生石上看来去，万岁台前辨假真。”道犹未了，平章、状元早到。

【前腔】（外、生仆幞头、袍、笏同上介）（外）有恨妆排，无明耽带，真奇怪。（生）哑谜难猜，今上亲裁划。岳丈大人拜揖。（外）谁是你岳丈！（生）平章老先生拜揖。（外）谁和你平章？（生笑介）古诗云：“梅雪争春未肯降，骚人阁笔费平章。”今日梦梅争辩之时，少不的要老平章阁笔。（外）你罪人咬文哩。（生）小生何罪？老平章是罪人。（外）俺有平李全大功，当得何罪？（生）朝廷不知，你那里平的个李全，则平的个“李半”。（外）怎生止平的个“李半”？（生笑介）你则哄的个杨妈妈退兵，怎哄的全！怎哄的全,正应牛字。时本于全字上增李字,便觉嚼蜡。(外恼作扯生介)谁说?和你官里讲去。(末作慌出见介)午门之外,谁敢喧哗!(见介)原来是杜老先生。这是新状元。放手,放手。(外放生介)(末)状元何事激恼了老平章?(外)他骂俺罪人,俺得何罪?(生)你说无罪,便是处分令爱一事,也有三大罪。(外)那三罪?(生)太守纵女游春,一罪。(外)是了。(生)女死不奔丧,私建庵观,二罪。(外)罢了。(生)嫌贫逐婿。刁打钦赐状元,可不三大罪?(末笑介)状元以前也罪过些。看下官面分,和了罢。(生)黄门大人,与学生有何面分?(末笑介)状元不知,尊夫人请俺上学来。(生)敢是鬼请先生?(末)状元忘旧了。(生认介)老黄门可是南安陈斋长?(末)惶恐,惶恐。(生)呀,先生,俺于你分上不薄,如何妄报俺为贼?做门馆报事不真;则怕做了黄门,也奏事不以实。(末笑)今日奏事实了。远望尊夫人将到,二公先行叩头礼,(内唱礼介)奏事官齐班。(外、生同进叩头介)(外)臣杜宝见。(生)臣柳梦梅见。(末)平身。(外、生立左右介)(旦上)“丽娘本是泉下女,重瞻天日向丹墀。”

黄钟北【醉花荫】平铺着金殿琉璃翠鸳瓦,响鸣梢半天儿刮剌。(净、丑喝介)甚的妇人冲上御阶?拿了!(旦惊介)似这般狰狞汉,叫喳喳。在阎浮殿见了些青面獠牙,也不似今番怕。(末)前面来的是女学生杜小姐么?(旦)来的黄门官像陈教授,叫他一声:“陈师父,陈师父!”(末应介)是也。(旦)陈师父喜哩!(末)学生,你做鬼,怕不惊驾?(旦)噤声。再休提探花鬼乔作衙,则说状元妻来面驾。(净、丑下)(内)奏事人扬尘舞蹈。(旦作舞蹈、呼“万岁,万岁”介)(内)平身。(旦起)(内)听旨:杜丽娘是真是假,就着伊父杜宝,状元柳梦梅,出班识认。(生觑旦作悲介)俺的丽娘妻也。(外觑旦,作恼介)鬼乜些真个一模二样,大胆,大胆!(作回身跪奏介)臣杜宝谨奏:臣女亡已三年,此女酷似,此必花妖狐媚,假托而成。俺王听启:

南【画眉序】臣女没年多,道理阴阳岂重活?愿吾皇向金阶一打,立见妖魔。(生作泣)好狠心的父亲!(跪奏介)他做五雷般严父的规模,则待要一下里把声名煞抹。(起介)(合)便阎罗包老难弹破,除取旨前来撒和。(内)听旨:朕闻人行有影,鬼形怕镜。定时台上有秦朝照胆镜。黄门官,可同杜丽娘照镜。看花阴之下,有无踪影,回奏。(末应,同旦对镜介)女学生是人是鬼?

北【喜迁莺】(旦)人和鬼教怎生酬答?形和影现托着面菱花(末)镜无改面,委系人身。再向花街取影而奏。(行看影介)(旦)波查。花阴这答,一般儿莲步回鸾印浅沙。(末奏)杜丽娘有踪有影,的系人身。(内)听旨:丽娘既系人身,可将前亡后化事情奏上。(旦)万岁!臣妾二八年华,自画春容一幅。曾于柳外梅边,梦见这生。妾因感病而亡。葬于后园梅树之下。后来果有这生,姓柳名梦梅,拾取春容,朝夕挂念。臣妾因此出现成亲。(悲介)哎哟,凄惶煞!这底是前亡后化,抵多少阴错阳差。(内)听旨:柳状元质证,丽娘所言真假?因何预名梦梅?(生打躬呼"万岁"介)

南【画眉序】臣南海泛丝萝,梦向娇姿折梅萼。果登程取试,养病南柯。因借居南安府红梅院中,游其后苑,拾得丽娘春容。因而感此真魂,成其人道。(外跪介)此人欺诳陛下,兼且点污臣之女也。论臣女呵,便死葬向水口廉贞,肯和生人做山头撮合!(合)便阎罗包老难弹破,除取旨前来撒和。(内)听旨:朕闻有云:"不待父母之命,媒约之言,则国人父母皆贱之。"杜丽娘自媒自婚,有何主见?(旦泣介)万岁!臣妾受了柳梦梅再活之恩。"再活之恩"下,陈最良当一边叹曰:是,是,是!

北【出队子】真乃是无媒而嫁。(外)谁保亲?(旦)保亲的是母丧门。(外)送亲的?(旦)送亲的是女夜叉。(外)这等胡为!(生)这是阴阳配合正理。(外)正理,正理!花你那蛮儿一点红嘴哩!(生)老平章,你骂俺岭南人吃槟榔,其实柳梦梅唇红齿白。(旦)噤声。眼前活立着个女孩儿,亲爷不认。到做鬼三年,有个柳梦梅认亲。则你这辣生生回阳附子较争些,为甚么翠呆呆下气的槟榔俊煞了他?爹爹,你不认呵,有娘在。(指鬼门)现放着实丕丕贝母开谈亲阿妈。匠心之苦。(老旦上)多早晚女儿还在面驾。老身踹入正阳门叫冤去也。(进见跪伏介)万岁爷,杜平

章妻一品夫人甄氏见驾。(外、末惊介)那里来的?真个是俺夫人哩。(外跪介)臣杜宝启,臣妻已死扬州乱贼之手,臣已奏请恩旨褒封。此必妖鬼捏作母子一路,白日欺天。(起介)(生)这个婆婆,是不曾认的她。(内)听旨:甄氏既死于贼手,何得临安母子同居?(老旦)万岁!(起介)

南【滴溜子】(老旦)扬州路、扬州路遭兵劫夺,只得向、只得向长安住托。不想到钱塘夜过,黑撞着丽娘儿魂似脱。少不的子母肝肠,死同生活。(内)听甄氏所奏,其女重生无疑。则她阴司三载,多有因果之事。假如前辈做君王臣宰不臻的,可有的发付她?从直奏来。(旦)这话不题罢了。提起都有。(末)女学生,"子不语怪"。比如阳世府部州县,尚然磨刷卷宗,他那里有甚会案处!

北【刮地风】(旦)呀,那阴司一桩桩文簿查,使不着你猾律拿喳。是君王有半副迎魂驾,臣和宰玉锁金枷。(末)女学生,没对证。似这般说,秦桧老太师在阴司里可受用?(旦)也知道些。说他的受用呵,那秦太师他一进门,忒楞楞的黑心锤敢捣了千下,淅另另的紫筋肝剁作三花。(众惊介)为甚剁作三花?(旦)道他一花儿为大宋,一花为金朝,一花儿为长舌妻。(末)这等长舌夫～人有何受用?(旦)若说秦夫人的受用,一到了阴司,捋去了凤冠霞帔,赤体精光。跳出个牛头夜叉,只一对七八寸长指彄儿,轻轻的把那撇道儿搭,长舌揸。(末)为甚?(旦)听的是东窗事发。(外)鬼话也。且问你,鬼乜邪,人间私奔,自有条法,阴司可有?(旦)有的是。柳梦梅七十条,爹爹发落过了,女儿阴司收赎。桃条打,罪名加,做尊官勾管了帘下。则道是没真场风流罪过些。有甚么饶不过这娇滴滴的女孩家。(内)听旨:朕细听杜丽娘所奏,重生无疑。就着黄门官押送午门外,父子夫妻相认,归第成亲。(众呼"万岁"行介)(老旦)恭喜相公高转了。(外)怎想夫人无恙!(旦哭介)我的爹呵!(外不理介)青天白日,小鬼头远些,远些!陈先生,如今连柳梦梅俺也疑将起来,则怕也是个鬼。如此文力才透。(末笑介)是踢斗鬼。(老旦喜介)今日见了状元女婿,女儿再生,二十分喜也。状元,先认了你丈母罢。(生揖介)丈母光临,做女婿的有失迎待,罪之重也。(旦)官人恭喜,贺喜。(生)谁报你来？（旦）到得陈师父传旨来。（生）受你老子的气也。（末）状元，认了丈人翁罢。（生）则认的十地阎君为岳丈。（末）状元，听俺分劝一言。

南【滴滴金】你夫妻赶着了轮回磨，便君王使的个随风柁，那平章怕不做赔钱货。到不如娘共女，翁和婿，明交割。（生）老黄门，俺是个贼犯。（末笑介）你得便宜人，偏会撒科。则道你偷天把桂影那，不争多先偷了地窟里花枝朵。（旦叹介）陈师父，你不教俺后花园游去，怎看上这攀桂客来？（外）鬼乜邪，怕没门当户对，看上柳梦梅什么来！

北【四门子】（旦笑介）是看上他戴乌纱象简朝衣挂，笑、笑、笑，笑的来眼媚花。爹娘，人间白日里高结采楼，招不出个官婿。你女儿睡梦里、鬼窟里选着个状元郎，还说门当户对！则你个杜杜陵惯把女孩儿吓，那柳柳州他可也门户风华。爹爹，认了女孩儿罢。（外）离异了柳梦梅，回去认你。（旦）叫俺回杜家，赸了柳衙。便作你杜鹃花，也叫不转子规红泪洒。（哭介）哎哟，见了俺前生的爹，即世嬷，颠不剌俏魂灵立化。（旦作闷倒介）（外惊介）俺的丽娘儿！（末作望介）怎那老道姑来也？连春香也活在？好笑，好笑！我在贼营里瞧甚来？巧！

南【鲍老催】（净扮石姑同贴上）官前定夺，官前定夺。（打望介）原来一众官员在此。怎的起状元、小姐嘴骨都站一边？（净）眼见他乔公案断的错，听了那乔教学的嘴儿嗑。（末）春香贤弟也来了。这姑姑是贼。（净）啐，陈教化，谁是贼？你报老夫人死哩，春香死哩！做的个纸棺材，舌锹拨。（向生介）柳相公喜也。（生）姑姑喜也。这丫头那里见俺来？（贴）你和小姐牡丹亭做梦时有俺在。（生）好活人活证。（净、贴）鬼团圆不想到真和合，鬼揶揄不想做人生活。老相公，你便是鬼三台，费评跋。（净、贴并下）（末）朝门之下，人钦鬼伏之所，谁敢不从！少不得小姐劝状元认了平章，成其大事。（旦作笑劝生介）柳郎，拜了丈人罢！（生不伏介）

北【水仙子】（旦）呀、呀、呀，你好差。（扯生手、按生肩介）好、好、好，点着你玉带腰身把玉手叉。（生）几百个桃条！（旦）拜、拜、拜，拜荆条曾下马。（扯外介）（旦）扯、扯、扯，做泰山倒了架。（指生介）他、他、他，点黄钱聘了咱。俺、俺、俺，逗寒食吃了他茶。（指末介）你、你、你，待求官、报信则把口皮喳。（指生介）是、是、是，是他开棺见椁湔除罢。（指外介）爹、爹、爹，你可也骂够了咱这鬼乜邪。（丑扮韩子才冠带捧诏上）圣旨已到，跪听宣读。"据奏奇异，敕赐团圆。平章杜宝，进阶一品。妻甄氏，封淮阴郡夫人。状元柳梦梅，除授翰林院学士。妻杜丽娘，封阳和县君。就着鸿胪官韩子才送归宅院。"叩头谢恩。（丑见介）状元恭喜了。（生）呀，是韩子才兄。何以得此？（丑）自别了尊兄，蒙本府起送先儒之后，到京考中鸿胪之职，故此得会。（生）一发奇异了。（末）原来韩老先也是旧朋友。（行介）

南【双声子】（众）姻缘诧，姻缘诧，阴人梦黄泉下。福分大，福分大，周堂内是这朝门下。齐见驾，齐见驾，真喜洽，真喜洽。领阳间诰敕，去阴司销假。

北【尾】（生）从今后把牡丹亭梦影双描画。（旦）亏煞你南枝挨暖俺北枝花。则普天下做鬼的有情谁似咱！全为此结。

杜陵寒食草青青，韦应物　羯鼓声高众乐停。李商隐
更恨香魂不相遇，郑琼罗　春肠遥断牡丹亭。白居易
千愁万恨过花时，僧无则　人去人来酒一卮。元　稹
唱尽新词欢不见，刘禹锡　数声啼鸟上花枝。韦　庄